ROBERTO JENKINS DE LEMOS

Ilustrações
MARCELO MARTINS

A Mochila

COLEÇÃO JABUTI AVENTURA

2ª edição

Conforme a nova ortografia

Editora Saraiva

Editor: **ROGÉRIO GASTALDO**
Assistente editorial: **ELAINE CRISTINA DEL NERO**
Secretária editorial: **ROSILAINE REIS DA SILVA**
Suplemento de trabalho: **MÁRCIA GARCIA**
Coordenação de revisão: **LIVIA MARIA GIORGIO**
Gerência de arte: **NAIR DE MEDEIROS BARBOSA**
Projeto gráfico: **ANTONIO ROBERTO BRESSAN**
Diagramação: **ANGELICE MARIA TAIOQUE MOREIRA**
Impressão e acabamento: Forma Certa Gráfica Digital
Código da OP: 286330

Dados Internacionais de Catalogação na Publicação (CIP)
(Câmara Brasileira do Livro, SP, Brasil)

Lemos, Roberto Jenkins de
A mochila / Roberto Jenkins de Lemos ; ilustrações Marcelo Martins. — São Paulo : Saraiva, 2003. — (Coleção Jabuti)

ISBN 978-85-02-04063-2

1. Literatura infantojuvenil I. Martins, Marcelo. II. Título. III. Série.

02-5010 CDD-028.5

Índices para catálogo sistemático:

1. Literatura infantojuvenil 028.5
2. Literatura juvenil 028.5

10ª tiragem, 2025

Editora Saraiva

SARAIVA Educação S.A.
Avenida das Nações Unidas, 7.221 – Pinheiros
CEP 05425-902 – São Paulo – SP
www.editorasaraiva.com.br

Tel.: (0xx11) 4003-3061
atendimento@aticascipione.com.br

CL: 810176
CAE: 603321

Aos meus filhos, Gi e Beto, pelo colo
que não lhes dei quando podia carregá-los.

Sumário

Prólogo

Quem acha que avião é perigoso devia saber que aeroporto é muito mais

Recostado na sua mochila, bem próximo da cerca, mas do lado de fora, concentrado na decolagem majestosa de um Jumbo, Tomás se deu conta da aproximação de um jipe quando não dava mais para sair dali — a viatura avançava de-va-ga-ri-nho e na sua direção!

Seu coração disparou, pois só contava com o lusco-fusco das 18:30h, sol já posto, além daquele capinzinho ralo rente à cerca, no qual mergulhou com vontade, olhos fixos no vulto negro recortado contra as luzes do aeroporto, crescendo lentamente.

Faróis e lanternas apagados, "o bicho" parou bem diante dele, permitindo-lhe ver a silhueta de dois ocupantes, parando paralelo à cerca, coisa de 20m à sua direita.

Na Pista Sul, um jato pousava naquele exato instante, com aquele barulhão das turbinas anunciando que, mais uma vez, haviam cumprido seu dever — porém Tomás não desgrudava os olhos de seus novos vizinhos, ambos também atraídos pela chegada daquela máquina gigantesca, com o toque das rodas no piso denunciando, pelos guinchos estridentes e curtos, o contato dos pneus com o concreto, além do longo assovio da violenta desaceleração dos seus motores.

Ele nunca entendera bem o velho dito popular "um olho na missa e outro no padre" e o máximo que conseguiu fazer naquele momento foi olhar para os intrusos e firmar os ouvidos para o lado das pistas.

Notou então que mais uma pessoa saía do banco traseiro, perfazendo três "visitantes".

— Vamos ver o que pescamos desta vez — anunciou em voz baixa uma das figuras.

— Pare com isso, Macaco! O Zelão não demora, mané! Tem tempo pra tudo, cara.

O terceiro vulto foi para a parte traseira do que lhe pareceu uma carreta de bagagem — eram ladrões de carga! — e em sua mão apareceu um feixe de luz amarelada, que iluminou o que Tomás não teve como ver.

Depois disso, veio até a cerca, abriu uma passagem na tela, voltando logo; aí teve início o transporte dos volumes para o lado de fora.

*****

A "operação transferência" levou de 10 a 15 minutos e nosso observador ocasional bem que pensou em sair dali, rastejando como minhoca — ocorria, porém, que sempre havia um dos homens vindo em sua direção, que, com toda certeza, perceberia qualquer movimento que fizesse.

Dava tratos à bola quando percebeu o motor rouco de uma Kombi vindo da estradinha que acompanhava a cerca, parando junto aos volumes, cobrindo a passagem na cerca; o motor continuou ligado — Tomás estava a uns 15m adiante, praticamente costurado ao chão.

*****

— Vamos carregar logo! — era a voz do recém-chegado dando as ordens.

Em silêncio, tudo foi colocado na Kombi.

— Macaco, vamos fechar a "porteira". Depois que sairmos guarde o jipe.

— Tá legal. A gente se vê amanhã.

Tomás nem poderia imaginar o que aconteceria em seguida; naquele momento, só percebeu Macaco em pé, assistindo ao trabalho dos outros, encobertos pela viatura... Deveria ter saído dali, então, mas preferiu aguardar a viatura retirar-se.

Restabelecida a cerca, passagem fechada, a Kombi seguiu devagar, apagada como chegara; passou por ele, mas os seus ocupantes não o viram, concentrados em olhar para a estradinha à frente.

*****

Macaco esperou um pouco e depois entrou no jipe, ligando o motor.

E aí ocorreu o desastre: saiu do lado da cerca com uma curva aberta e aprumou... na direção de Tomás.

O rapaz experimentou um arrepio que lhe foi da cabeça aos pés. Seria descoberto se não saísse dali e, se saísse, o tal Macaco o veria, ora se não!

Para se safar, teria que agir quando o jipe estivesse quase em cima dele. Decisão tomada, ajeitou-se para sair correndo. Levantou-se e saiu "voando baixo".

Macaco freou de susto, pudera, só viu um vulto correndo rente à cerca.

— Epa! Quem taí?

Com a vantagem da surpresa, Tomás corria desembestado pela estradinha.

Era sua melhor chance, pois, fosse lá quem fosse, seu perseguidor ainda teria que abrir a tela, um ponto a favor de Tomás, que rezava, enquanto voava.

Macaco acendeu os faróis do jipe e viu Tomás correndo pela estradinha na direção contrária à da Kombi. Macaco foi atrás.

Tomás corria olhando para a frente e como não ouviu o motor do jipe concluiu que o cara devia estar vindo em sua perseguição.

Lá na frente via algumas viaturas, gente trabalhando na instalação de postes naquela estradinha, que era usada pelos moradores locais; Tomás se escondeu na terceira viatura.

Viu Macaco se aproximando, um farol foi aceso e ele pôde ver a fisionomia do homem. Macaco disfarçava bem, perguntando se não passara por ali um baixinho com uma mochila, que havia invadido a cerca e saído correndo pela estradinha.

No entanto, nenhuma daquelas pessoas vira nada e já estava na hora de irem embora.

Macaco ficou na estrada. Tomás surpreendeu-se ao reconhecer o uniforme que o homem usava: era da Segurança do aeroporto. A seguir, o comboio partiu e Tomás teve que ir junto, o que fazer!?

Viu quando entraram pelo portão, sabia que era proibido ingressar naquela área — mas e o medo!?

Aproximaram-se da garagem dos ônibus do aeroporto — às vezes os *fingers* (as passarelas por onde os passageiros embarcam ou desembarcam dos aviões) estavam todos ocupados por aeronaves e o avião que chegasse ou fosse decolar era obrigado a parar bem distante do terminal, tornando necessário o uso de ônibus para trazer e levar passageiros.

Os caminhões pararam ao lado da garagem.

Tomás tinha que sair dali. Esperou que o pessoal fosse embora e, quando o silêncio se fez total, saiu da viatura.

Só lhe restava um caminho: esconder-se num ônibus e sair pelo aeroporto, misturado aos passageiros...

Correu sem fazer barulho, entrou debaixo de uma Kombi e desabou, quase morto, sem forças até para respirar.

Nem saberia dizer quanto tempo levou para sua respiração voltar ao normal, mas, ainda que seu coração continuasse como um tambor enlouquecido, a primeira coisa na qual pensou foi que, desde que iniciara sua fuga desesperada, não ouvira nem gritos nem os passos do seu perseguidor e muito menos o barulho dos aviões — o pânico é assim mesmo, bloqueia nossos sentidos —, só a imagem de Macaco na estradinha não lhe saía da mente.

Mexeu-se com cuidado, olhando para todas as direções, e só viu o piso áspero da garagem por entre as rodas de um punhado de viaturas.

Refletiu que não poderia ficar ali indefinidamente, mas tentar sair continuava sendo um tremendo risco. Não sabia de quem estava fugindo, exceto que se tratava de ladrão de bagagem, gente não muito dada a gentilezas e usando uniforme da Segurança!

*****

1

Um trambolhão capaz de criar uma nova confusão

Tomás gostava de ir ver os aviões subindo e descendo, distração que se permitia depois das aulas, à tardinha. O curioso é que ele trabalhava na equipe de Manutenção do aeroporto pela manhã. Sua tarefa era a limpeza das vidraças. Por isso sabia que não podia passar da cerca, que o descampado que cercava as pistas era, segundo as regras, área de trânsito proibido.

Morava com a tia numa favela próxima do aeroporto, o Morro do Turista, e sua história era comum, como a da maioria das pessoas: era o caçula de quatro irmãos, perdera a mãe ainda pequeno e seu pai era boia-fria na lavoura; vida pobre, aos 10 anos, quando os demais começaram a trabalhar, passou a tomar conta do barraco.

Um dia, dona Célia, irmã de sua falecida mãe, apareceu por lá, encontrando-o muito gripado e, conversa vai, conversa vem, acertou-se que levaria o jovem (aí já com 12 anos) para a capital, onde seria mais fácil providenciar um bom tratamento de saúde para ele.

Para seu pai, seria menos uma boca para comer e, assim, Tomás seguira com a tia.

Sua gripe era, na verdade, uma pneumonia muito séria e quem conseguiu seu atendimento médico foi um conhecido dela, seu Mário.

Como dona Célia trabalhava numa lavanderia na Zona Sul e não queria ver seu sobrinho zanzando pela favela, assim que ele melhorou — cerca de seis meses depois —, ela conseguiu matriculá-lo na escola, a segunda grande mudança em sua vida, no que teve também todo o apoio de seu Mário.

Tomás se deu bem nos estudos, pois era aluno dedicado, e se entrosou com os filhos de seu Mário, Válter e Noel, mais adiantados.

Caboclo baixinho, aos 17 anos ganhara corpo e ia cursando bem a 6ª série do ensino fundamental.

*****

Tomás respirou fundo debaixo da Kombi, era hora de enfrentar os riscos, pois tinha que sair dali: além do perigo de ser encontrado por Macaco, aquela também era uma área proibida.

Olhou em volta e, como não viu as pernas de quem quer que fosse, nem escutou o menor ruído, começou a se mexer para deixar seu esconderijo, o que fez com o maior cuidado deste mundo, levando algum tempo para poder ficar de pé.

*****

Verificou bem o lugar: estava a quatro fileiras de ônibus do alojamento dos motoristas e da portaria da garagem, que ficava imediatamente depois. Eram 19:05h.

Se alguém o perseguira, existia uma boa chance de estar por ali.

Avançou cautelosamente por trás das viaturas da fila da frente até chegar à primeira, a qual seria a próxima a sair quando fosse necessário pegar passageiros.

Forçou a porta traseira do ônibus e conseguiu abri-la o suficiente para passar, sentou-se abaixadinho no fundo, observando o alojamento; alisou suas roupas para melhorar seu aspecto e protegeu-se com a mochila.

Estava quase pegando no sono quando o motor foi ligado e as luzes, acesas; o ônibus arrancou lentamente, o que lhe permitiu examinar melhor a portaria: e lá estava um jipe com prancha de bagagem ao lado da guarita do vigia; um segurança conversava com o outro – encolheu-se, quase deitando no chão.

*****

Mais uma vez a sorte o acolheu: o ônibus estava indo pegar passageiros que chegavam.

Os primeiros que embarcaram o fizeram pela porta da frente, mas logo outros buscaram a porta traseira; tudo corria bem, ninguém parecia tê-lo notado. Entre os últimos, subiu uma senhora cheia de joias, carregando duas enormes sacolas, e ficou olhando para ele.

Tomás cedeu-lhe o lugar e, passando entre os que se encontravam de pé, foi para a beira dos degraus da porta de trás. Quando o ônibus parou, deixou que algumas pessoas descessem na sua frente, enfiou-se entre outras que saíam e lá se foi tranquilamente.

Estava dando tudo certinho, certinho até demais.

*****

Na sala de entrega de bagagens pressentiu que ia "dar zebra" na hora de passar pelo conferente que ficava na saída recolhendo os tíquetes das malas, sacolas e pacotes. Viu um passageiro mulato e grudou-se nele com a esperança de parecer que o acompanhava, modo que lhe pareceu perfeito para sair dali.

O tal passageiro pegou sua mala na esteira rolante, colocou-a no carrinho e dirigiu-se para a saída. Tomás como sua sombra.

Mas viu aquela passageira cheia de joias se aproximar e um aviso disparou em sua mente: "confusão chegando!".

Com o carrinho cheio de malas mais as já citadas sacolas, ela ia se meter entre ele e "seu tio", o que o impeliu à tentativa de tomar-lhe a frente para não se separar do "seu escudo" — só que não foi rápido o bastante e tropeçou no bico do carrinho, derrubando tudo, inclusive a mulher.

Ou porque se assustou ou sabe-se lá por qual razão, ela abriu um berreiro.

O jovem nem teve tempo de se mexer: foi arrancado do chão por um segurança que o levantou pelos braços como se ele fosse um mero saco de penas. Ficou cara a cara com o indivíduo, de fisionomia meio índia, rosto peludo, barba cerrada, sobrancelhas grossas, nariz chato e bem largo, queixo para a frente — parecia um macaco! Macaco?

— Socorro!!! — gritou o mais alto que conseguiu, assustando o homenzarrão.

Em seguida, aproveitando-se do ligeiro vacilo do segurança, desprendeu-se de suas mãos e, "pernas pra que te quero", disparou porta afora, mochila firme na mão.

Agia por mero instinto de sobrevivência: saindo, dobrou à esquerda, na direção dos elevadores, metendo-se pela escada ao lado, subindo para o 2º piso, o de embarque.

Mais uma área onde não deveria estar.

*****

No 2º piso, um grupo de prováveis ricaços saía da sala VIP* cercado por funcionários de empresas aéreas; todos sorriam, era o típico grupo feliz.

Um deles carregava a bela mochila da Deutschland Airways e, quando uma das recepcionistas quis ajudá-lo, oferecendo-se para carregá-la, ele foi até brusco, negando-se a deixá-la colocar as mãos na sua "preciosidade", coisa muito estranha para um "caixa alta".

Aquele piso era o de embarque de passageiros, mas para os VIPs as empresas aéreas inventavam milhões de atendimentos especiais.

Lá fora três carrões os esperavam.

*****

Tomás subia a escada de três em três degraus, ouvindo o barulho de seus perseguidores.

* VIP — Very Important People (pessoas muito importantes).

Desembocou no 2º piso e lançou-se pelo amplo saguão meio deserto, salvo por aquele grupo que rumava para a porta de saída — como também visava à mesma porta, teria que passar na frente dele, daí exigia tudo de suas pernas.

E ia passando "de fininho" pelo lado quando um homem que carregava uma mochila levantou um braço num gesto casual.

O choque foi inevitável e produziu o mesmo efeito de uma bola de boliche derrubando os pinos, num *strike* perfeito, só que a bola era o jovem e os pinos, o pessoal do grupo.

Mais ágil e naturalmente mais assustado, Tomás foi o primeiro a se levantar e, vendo sua mochila no chão, felizmente à frente, num salto de gato, pegou-a pela alça e cruzou a porta, ganhando a rua novamente pela esquerda.

*****

Os seguranças que o perseguiam viram tudo acontecer e chegaram àquela cena cômico-trágica — pessoas tentando se levantar, funcionários em pânico tentando ajudá-las —, sabendo que a prioridade agora era socorrer aquele grupo, não tinham como ir atrás do fugitivo.

Num aeroporto todos sabem que o mais importante é atender aos passageiros, isso vem acima de qualquer coisa; de mais a mais, o molecote só derrubara uma senhora...

Desculpas em vários idiomas, esfregadelas nas roupas, broncas berradas pelos VIPs, tumulto generalizado de alguns minutos.

*****

No final da calçada havia uma rampa por onde os veículos subiam e nosso fugitivo percebeu que, seguindo por ali, ficaria visível até chegar lá embaixo — ele sequer imaginava que seus "caçadores" estavam socorrendo os VIPs.

Viu uma caçamba de lixo adiante e não pensou duas vezes, contornou-a e meteu-se ali dentro.

Em meio a tantas aflições a sorte voltava a ficar com ele: o lixo ali era constituído praticamente de jornais deixados pelos passageiros nas poltronas. Acomodou-se o melhor que conseguiu, afinal as caçambas de lixo não são um local muito interessante.

Aproveitou aquela parada forçada para colocar seus pensamentos em ordem: fora testemunha do desvio de bagagens e conseguira fugir do tal Macaco; agora estava certo de que o bandido trabalhava na Segurança, o que explicava a facilidade com que a quadrilha operava; não tinha certeza se o bandido o identificara lá na sala de bagagens; e só estranhou que até agora ninguém viera de lá de dentro correndo à sua procura.

Prudente, resolveu que deveria esperar mais um pouco até tentar seguir para sua casa.

*****

Os VIPs já haviam seguido para seus respectivos destinos; o saguão do 2º piso retornara à sua calma habitual e quem ali chegasse nem de longe desconfiaria da enorme "zorra" que se sucedera naquela área.

Os grandes aeroportos são assim, as coisas acontecem e acabam rapidinho... e tudo volta à calma, pois todos os que ali trabalham têm como principal objetivo manter o ambiente em perfeita harmonia e segurança, para maior conforto dos passageiros — vem daí a sensação que muitas pessoas têm de, ao entrar num aeroporto como esse, estarem chegando em outro planeta.

*****

2

Mas que mochila é essa?

Passou-se um bom tempo de silêncio total, à exceção dos carros subindo a rampa, movimento constante pela partida de vários voos no início da noite.

Tomás tomou coragem para levantar a tampa da caçamba, o que fez cautelosamente até conseguir ver a calçada do terminal; seu olhar esquadrinhou metro a metro como se fosse uma vassoura limpando a área, e a tranquilidade era total, o movimento maior ocorria no Setor Doméstico, sem nada que lhe despertasse a atenção.

Baixou a tampa e foi para o lado oposto, por onde saiu assim que não viu nenhum carro vindo lá de baixo; sacudiu-se, colocou a mochila nas costas e seguiu no rumo do Turista, o mais ligeiro que pôde.

(O Morro do Turista fora assim batizado em função do bom humor dos seus primeiros moradores: como os aviões passavam bem em cima do morro, os que ficavam em terra, sem a menor perspectiva de virem um dia a ocupar as poltronas daqueles enormes jatos, se autodenominaram "turistas de terra". Daí passou para Morro do Turista, uma simplificação natural, e o nome pegou.)

*****

Seguiu pela avenida, pois não queria nem pensar na estradinha.

Em passos rápidos venceu os 3km até o barraco da tia em 20 minutos. Chegou ali exatamente às 20h15 e, para sua felicidade, ela ainda não retornara do trabalho.

Largou a mochila em sua cama — e teve a sensação de que ela estava bem mais leve, mas deixou a impressão de lado —, indo tomar banho e depois trocar de roupa, providências que sabia serem muito necessárias àquela altura de suas andanças naquele complicado final de dia.

Já estava dando "andamento" ao jantar (tarefa sua), quando dona Célia chegou, cansada por mais aquela jornada de luta — ela costumava dizer que não dormia, desmaiava quando caía na cama...

A sobrevivência num grande centro não é fácil, mas, pelo menos, ela estava empregada e recebia seu salário todo mês.

*****

Depois do jantar — arroz, feijão e ovo frito — e de arrumada a cozinha, Tomás foi limpar sua mochila, que devia estar bem sujinha.

Porém, mal olhou para ela, não teve mais dúvidas: havia algo estranho ali; era também da Deutschland Airways, da mesma cor que a sua, só que novinha!

Foi abri-la e confirmou que não era a sua: em lugar de seus cadernos e livros, dois envelopes de papel pardo grosso, caderneta tipo agenda, pequena bolsa e... papéis impressos numa língua que ele não entendeu, tendo no alto de cada folha um nome: Norge Royal Bank... Norge tinha que ser um banco, fosse lá onde fosse!

Nos tais papéis, números em tipos grandes: 50.000, 100.000 e 200.000! Aquilo só podia significar que eles valiam dinheiro.

*****

Folheou a caderneta e encontrou muitas anotações, mas não entendeu o que significavam — que droga era aquilo tudo?

Abriu a bolsa e choveram vários papéis, inclusive uma passagem de avião da Deutschland, que ele identificou com facilidade.

Olhava para aquilo tudo em cima de sua cama, remexia num ou noutro documento e descobriu que em muitos daqueles papéis constava o nome de Erikson Gunnard. Quem seria esse misterioso personagem?

Levantou-se com muito cuidado e foi confirmar se a tia dormia, voltando para a delicada tarefa de reconferir tudo. Os dois quartos do barraco não tinham portas, o da tia contava apenas com uma cortininha de pano ralo e ele não queria que ela viesse com perguntas; aliás, diante daquela papelada, qualquer pessoa o crivaria de perguntas. Estava excitado, o sono desaparecera.

Se o final do seu dia fora tumultuado, a noite ia ficando complicada por causa daquela mochila, sua cabeça rodopiava com um milhão de ideias.

Pensa daqui, pensa dali, acabou por concluir que a única possibilidade de aquela mochila ter vindo parar nas suas mãos fora na trombada ocorrida no saguão do 2º piso. Sem dúvida, trocara a sua mochila por aquela naquele momento; na outra trombada, a com o monte de malas da mulher escandalosa, tinha certeza de que não largara sua mochila em momento algum.

Recolocou tudo no lugar com calma. Sabia que teria que entregar a mochila no aeroporto, mas não poderia ser naquele momento e, a bem da verdade, estava bastante confuso para saber por onde começar — entregar no Achados e Perdidos? Seria melhor na Deutschland... mas, lá no seu íntimo, começava a surgir uma coisa estranha, como se alguém estivesse lhe dizendo para não se afobar sobre aquilo.

— Calma... devagar... não se afobe... — palavras que vinham lá de dentro, quase em sussurros.

O melhor mesmo seria dormir, até porque o peso e o esforço de suas aventuras começavam a se fazer notar; o corpo arriava lentamente.

*****

Dormiu mal, as cenas que vivera não o deixavam, só que agora acabava sempre sendo preso por alguém... e o rosto de Macaco estava em todas, rindo dele com uma gargalhada comprida, perversa, som forte vindo lá do fundo da garganta, coisa de filme de terror.

Acordou na hora de sempre, só que com o corpo moído como carne de hambúrguer.

Foi uma luta para que seus músculos obedecessem a seu cérebro e este emitia mensagens muito nítidas: assim que servisse o café de sua tia, precisava ir ao aeroporto.

Enquanto preparava o café, planejou sua manhã daquele sábado: não estava de serviço, dona Célia trabalharia até meio-dia e chegaria em casa lá pelas 2 da tarde, isso se não fosse fazer suas comprinhas; então, iria ao aeroporto para devolver a mochila e saber se encontraram a dele. Lá era o "seu ambiente", pensaria melhor estando ali, tinha certeza disso.

Quando ela veio tomar café, disse-lhe apenas que iria ao aeroporto (para dona Célia era sempre melhor que ele fosse para lá do que ficar à toa por ali) e mais não falou, mergulhado nas suas preocupações, coisa que a tia nem percebeu.

Esperou que ela saísse para examinar novamente com mais calma aquelas coisas: começou pela bolsa, onde encontrou uma carteirinha que deveria ser de algum clube lá da terra do cara; um papel com o nome do sujeito, só que escrito ao contrário (Gunnard/Erikson Mr.); uma chave com o nome "Dresden Bank" gravado, tendo um número embaixo; um papel azul do Praia Azul Hotel e novamente o nome Erikson Gunnard – Single...

Não identificou um punhado de outros papéis, que recolocou na bolsinha.

Bem, não poderia ficar com aquela mochila, precisava devolvê-la e queria recuperar a sua, mas a sensação da noite anterior veio mais forte: havia algo estranho ali, só que não sabia do que se tratava.

— Claro! — Naquela confusão toda esquecera-se da coisa mais importante e lógica do mundo. — Vou falar com seu Mário!!!

*****

Morador do Turista há muito tempo, seu Mário trabalha na Manutenção do aeroporto e é pai de Válter e Noel, os melhores amigos de Tomás na escola, e de Sônia, o xodó da família.

O pai deve ter 50 anos, pouco mais, pouco menos, é uma pessoa de bem com a vida, com um meio sorriso afivelado em seu rosto permanentemente. Sua mulher morrera há algum tempo, mas ele conseguira superar a perda da companheira e vivia do aeroporto para a casa e vice-versa, rotina com a qual se satisfazia plenamente. Tinha orgulho dos seus filhos, percebia-se até quando os olhava.

Tomás e seu Mário se entenderam desde o início, tanto que volta e meia Tomás aparecia em sua casa para engrenar uma conversinha. Divertia-se muito com os "causos" contados por ele, repertório que não tinha fim, quase sempre sobre o aeroporto, seus passageiros, funcionários e pessoal das empresas aéreas — conhecera o aeroporto convidado por ele, num domingo de folga.

E conversa daqui, conversa dali, acabou aparecendo aquela vaga na Manutenção, oportunidade que Tomás agarrou com unhas e dentes, atento para corresponder à confiança do seu amigo.

Válter e Noel também trabalham lá, um no restaurante e o outro na livraria, "que esse treco de filho trabalhar com pai não dá certo — um protege ou estraga o outro", princípio básico de seu Mário.

Além de tudo isso, fora seu Mário que lhe dera a mochila de presente.

Não haveria pessoa mais indicada para orientá-lo.

*****

Mas seu amigo não se encontrava em casa, informou-lhe Sônia: estava de serviço.

Voltou, pegou a mochila e seguiu para o aeroporto — todos os caminhos sempre o levavam para lá, já pensara nisso.

E seguiu se perguntando: como explicaria a posse daquela "coisa"?

Iria pedir ajuda, mas não queria aborrecer seu Mário, isso nunca! Portanto, não falaria sobre o roubo da bagagem!

Mas, se não falasse disso, como explicaria sua presença na área de desembarque de passageiros? Não tinha como explicar a troca de mochilas sem falar na trombada com o grupo de passageiros no 2º piso.

Acabou por concluir que o melhor era contar a verdade — afinal, até ser descoberto por Macaco, não fizera nada de errado; aquela estradinha onde ele estivera era usada por muitos dos moradores do Turista, tanto que estavam colocando iluminação no local para melhorar o caminho, já que as pessoas não gostavam de passar por ali à noite.

Só depois que Macaco percebeu sua presença é que contrariou as "regras", mas, se não tivesse se escondido na caçamba, talvez tivesse se dado mal...

É arriscado ser testemunha de um roubo num lugar deserto como aquele.

Dúvidas é que não lhe faltavam...

Talvez pudesse explicar a trombada com o grupo de passageiros: saiu correndo, escorregou no piso e derrubou um passageiro. Acontece que o saguão do 2º piso não era território do seu trajeto quando estava de folga e, sem a menor dúvida, seu Mário iria querer saber o que ele estava fazendo por ali, mais outra regra desrespeitada.

A situação estava difícil, mas não poderia ficar com aquela mochila. E Tomás seguiu em frente, arquitetando um montão de explicações, porém todas acabavam em becos sem saída.

Caramba! Como era difícil inventar uma mentira!!!

É, sem dúvida a verdade era sua melhor opção (sempre era).

E foi nesse estado de ânimo que chegou a seu destino, nervoso mas decidido.

*****

3

Voltando ao aeroporto por absoluta necessidade

Um aeroporto não é só o conjunto de pistas e o pátio onde os aviões ficam estacionados.

E aeroporto internacional, grande como aquele, acaba sendo uma verdadeira cidade. Além dos balcões das empresas aéreas, tem de tudo: de cafezinhos a bares, lanchonetes e restaurantes; agências de turismo, de aluguel de automóveis e de bancos; caixas eletrônicos; lojinhas vendendo de quinquilharias a utilidades, passando pelos *souvenirs*; centenas de banheiros; posto médico e capela; agência de correios e central telefônica; aparelhos de televisão em vários pontos — Tomás já trabalhava lá há quase dois anos e não conhecia aquilo tudo.

E o auxílio direto aos passageiros e tripulantes dos aviões?

Era outra enormidade: transporte para passageiros, tripulações, bagagens e carga; serviços de bombeiros e de carros-tanque para abastecimento das aeronaves; informações sobre condições meteorológicas e salas de tráfego onde são feitos os planos de voo (nenhum avião decola sem apresentar antes o seu plano de voo, indicando onde vai e como vai); torre de onde se controla o tráfego aéreo (as decolagens e os pousos dos aviões); oficinas das empresas aéreas e para as viaturas de serviços; grandes cozinhas dos comissários (ou *gatering*, como dizem os americanos), nas quais são preparadas as refeições e os lanches que são servidos aos passageiros nos aviões.

Isso sem falar na manutenção das instalações, contando com eletricistas, bombeiros hidráulicos, carpinteiros, marceneiros, vidraceiros, serralheiros, estofadores, pintores, faxineiros, jardineiros, e Tomás tinha certeza de que existiam muitos outros profissionais trabalhando por ali, além do pessoal da Segurança, da Polícia Federal e da Receita Federal, para não falar de outros organismos do Governo.

Ele bem se lembrava de um dia em que convocaram um veterinário para atender um cachorrinho que iria embarcar num voo!

Tomás fazia parte de um grupo de mais de três mil pessoas que colaboravam para o bem-estar e a segurança dos passageiros, em turnos que cobriam as 24 horas do dia — esse mundo fabuloso, com tantas atividades, deslumbrara-o desde que o conhecera pela primeira vez.

O aeroporto era um mundo com uma dinâmica de vida própria.

*****

Ele se orgulhava de trabalhar ali, não conhecia (nem imaginava) coisa melhor, aquele seria seu lugar por toda a vida.

Por isso, todo cuidado seria pouco para não colocar seu emprego em risco; tinha plena consciência de que estava enredado numa situação bastante complicada.

Mas aí aquela voz persistente sussurrava: calma, vá devagar, não se afobe, segure a mochila...

*****

Com seu crachá da Manutenção, penetrou no mundo oculto do aeroporto e, descendo as escadas, foi até a salinha de seu Mário.

O crachá é o "passe maravilha" de qualquer aeroporto: todo o mundo que trabalha em um tem o seu e, conforme a cor dele, fica-se sabendo onde seu portador pode ir; o de Tomás era laranja, o que naquele aeroporto lhe dava acesso à Manutenção, áreas permitidas ao público e aos passageiros, dependências da administração e só — nada de pistas ou de pátios, nem de controle de voos ou torre de tráfego. E isso sem discussão, era olhar a cor e ponto-final.

Iniciou o "papo" com seu amigo esclarecendo que viera dar "um giro", situação que já ocorrera antes e, portanto, normal.

— O senhor tá com cara de sono, seu Mário.

— E tô mesmo... Trabalhamos a noite todinha — e explicou que instalaram equipamentos especiais para controle da circulação de pessoas, tarefa executada com mais outros técnicos da equipe.

E mais não disse, porém Tomás "sacou" que aquilo deveria estar relacionado ao roubo de bagagens e, como quem não quer nada, arriscou:

— Ouvi dizer lá no vestiário que ontem teve um sumiço enorme de bagagens dos passageiros.

— Tem gente que fala porque não sabe fechar a boca, falam por falar. Desaparecimento de bagagens acontece em

todos os cantos do mundo; tudo tem que ser feito depressa, os aviões têm horários muito rígidos... de repente o cara se afoba e manda uma bagagem pra onde não devia e aí começa o mistério: algumas são encontradas, outras desaparecem no ar — explicou. — E nem todas as empresas aéreas se esforçam para localizar essas bagagens extraviadas, principalmente as empresas estrangeiras que operam no Brasil.

— Pros passageiros deve ser uma tremenda chateação.

— Sem dúvida, Tomás. E bota chateação nisso. Já pensou? O sujeito chega num lugar estranho e não acha sua bagagem!!! Pra reduzir ao máximo tamanha amolação é que sempre estamos bolando esquemas. Agora, uma coisa que cê não sabe: o índice de extravio de bagagens no Brasil é um dos menores do mundo, o que desaparece não chega nem a 0,5% do que é transportado!

Embora não fosse do setor de bagagens, seu Mário era defensor do aeroporto.

— Mas me diga, como vai lá na escola?

E a conversa passou para os estudos, seu amigo ouvia com muita atenção, intervindo, vez ou outra, para valorizar a importância do esforço em aprender.

Quando ocorreu uma pausa maior, o jovem aproveitou para dizer que também viera ter com ele na busca de uma orientação: resolvera contar a verdade.

Seu Mário sequer perguntou o que Tomás estivera fazendo no 2º piso, mas por seu olhar deu para perceber que ele sabia que o jovem habitualmente não passava por ali. Examinou os objetos e disse o que era óbvio naquela situação.

— Filho, é só devolver no balcão da Deutschland que eles localizarão o passageiro... Cê não sabe que é assim que se procede de acordo com as normas de serviço?

Foi quando resolveu falar sobre os papéis; melhor do que falar, abriu a mochila e os colocou sobre a mesa do amigo.

Ele examinou-os, mas também não sabia o que significavam.

— Tomás, isso tá me parecendo rolo grande, filho.

— E não é!? Se juntar essa numerada toda, vai dar um numerão enorme... Se for dinheiro, aí tem uma fortuna.

— Sem dúvida! Mais uma razão para devolver isso logo, logo.

— Pois é! Mas... se for dinheiro mesmo, o senhor acha que alguém ia carregar essa bolada numa mochila?

Era um argumento de peso, considerou seu Mário.

— Que é estranho, lá isso é! Mas nós não somos da Polícia, não temos que investigar nada disso.

— O senhor tá certo. Mas...

— Nem mas nem meio mas, meu filho. O certo é entregar a mochila no "Achados e Perdidos" ou no "LL" (abreviatura de *lost luggage*, bagagens perdidas). E quem sabe a sua mochila não estará por lá?

— Seu Mário, sei que "as regras" mandam fazer isso, mas... se se tratar de safadeza, roubo, sei lá o quê, se eu não fizer nada, vou ser cúmplice da bandidagem.

Seu Mário não pensara naquilo: Tomás tinha alguma razão.

— E o que cê tá pensando fazer?

— Tô enrolado, mas acho que seria bom conhecer os caras primeiro.

— Cê virou cigano, Tomás? Ver o dono da mochila vai fazer cê descobrir se eles são gente do bem ou do mal?

— Claro que não, né! Mas, pela atitude deles, acho que dá pra sacar alguma coisa.

— Vá lá que seja. E como cê pretende fazer isso?

*****

Tomás deixou a salinha de seu Mário, guardou a mochila no seu armário no vestiário e colocou no bolso a caderneta e a passagem.

No "Achados e Perdidos" do aeroporto, depois de consultarem o computador, nada da sua mochila e nenhuma reclamação sobre perda de bagagem; o mesmo no "LL" geral. Portanto, era hora de encarar a Deutschland.

Quando a recepcionista olhou para ele como que perguntando o que desejava, explicou que havia encontrado uma caderneta e uma passagem.

A moça — bonita como quase todas as recepcionistas — foi muito atenciosa e, com sotaque carregado, disse que entregaria tudo ao passageiro, estendendo a mão para pegar a passagem e a caderneta. Sem muita convicção, Tomás foi cuidadoso para dizer que preferia fazer a entrega pessoalmente, ainda que ele próprio não soubesse como explicar para a moça o porquê daquilo.

— Oh! — E a jovem riu discretamente. — Cê querrerr gorrjetinhas... Tchudo bien.

Ali estava a "deixa", iria se agarrar naquilo: queria receber uma gorjeta — era horrível fazer aquilo por dinheiro, mas ele queria ver o dono da mochila!

A moça consultou o computador — no aeroporto todo o mundo vivia mexendo com computadores — e em seguida ligou para o tal Gunnard, com o qual falou em alemão, julgou Tomás.

— Ele fai virr — disse-lhe ao desligar o aparelho. — É só meia horra e ele chegarr. E, passando para o lado externo do balcão, pousou a mão gentilmente no ombro do rapaz. — Cê esperrarr no sala.

Tomás foi conduzido para uma sala da empresa, logo atrás do balcão, e não teve como não ir, pois fora ele mesmo que dissera que preferia fazer a entrega pessoalmente. Agora tinha que levar a história adiante.

A sala não era muito grande, possuía algumas poltronas, um grande armário em uma das paredes, uma mesinha com jornais e revistas, um telefone noutra mesinha e um aparelho de TV na outra parede.

Sem tirar os olhos do rapaz (e sempre com aquele sorriso de estrela de cinema), a recepcionista falou ao telefone naquela língua complicada e depois dirigiu-se a ele: "Cê querrer uma guarraná ou *coke*?" — E, mesmo sem que ele respondesse nada, ela foi até o tal armário, de onde retornou com um copo de guaraná e um pratinho com pequenos sanduíches.

A porta se abriu e entrou um lourão alto e bem forte, que falou com a moça baixinho, sorriu para Tomás e sentou-se perto da porta, pegando antes um jornal. A moça deu-lhe um "tchau", retirando-se, e não era preciso ser um "gênio" para entender que o lourão estava ali para tomar conta dele... Tudo bem, aquilo fazia parte da "regra do jogo" que ele inventara jogar...

Não estava confortável, pois sequer tinha certeza de que tomara a decisão correta. Querer uns trocados para devolver a caderneta e a passagem era o "fim da picada", mas pareceu-lhe a melhor explicação para sua atitude.

Agora, se ele soubesse o que dissera Mr. Gunnard para a moça, sem dúvida estaria bem mais preocupado. Traduzindo em bom português, ele instruíra a recepcionista sem muitas sutilezas: "Segure este safado aí até eu chegar".

Em outras palavras, Tomás já era suspeito de ter sumido com a mochila do homem, mesmo antes de se verem.

*****

Os dois passageiros do táxi que seguia para o aeroporto falavam pouco entre si, naquela língua que o motorista era mais um a não compreender.

Pelo pouco que pudera perceber, seriam dinamarqueses ou noruegueses, quem sabe holandeses?

Se ele entendesse o idioma utilizado, ficaria sabendo que os dois haviam acertado descobrir o que o tal rapaz sabia sobre a mochila, que era o mais importante para ambos.

Claro que desejavam recuperar a agenda, afinal tudo que se encontrava naquela mochila era importante.

Se só fora encontrada a agenda — no raciocínio dos dois estrangeiros —, o verdadeiro ladrão deveria estar com o restante das coisas.

Mas quem seria esse ladrão?

Um deles, Gunnard, repetiu que não vira quem o derrubara no chão, e o segurança do aeroporto dissera que fora um "trombadinha", *bad boy kid*, como ele se expressara.

O outro perguntou se já haviam ido à procura do dono da outra mochila, a que fora deixada no local e que pertencia ao tal do Tomás Salustiano da Silva. O primeiro confirmou, garantindo que àquela hora seus amigos já deveriam estar na casa dele, conforme o endereço que estava registrado na etiqueta de identificação da mochila.

A última frase que trocaram antes de chegar ao aeroporto (muito mais uma "ordem" de Gunnard) estabelecia que o mais gordo, Willem, passaria por intérprete, já que "arranhava" melhor o castelhano.

Foi ótimo que o motorista não tivesse entendido nada disso e melhor ainda que Tomás nem desconfiasse dessa conversa.

*****

De repente a porta se abriu e a mesma recepcionista apareceu, desta vez acompanhada por um senhor muito bem vestido, uma figura distinta, atrás do qual vinha outro lourão.

Tomás até pensou que se tratasse do Mr. Gunnard, mas logo viu que não era, pois a moça não lhe dirigiu sequer um olhar.

— Será que aqui só tem lourão parrudo? — questionou-se o rapaz.

O louro que lia jornal também levantou-se e a recepcionista se entendeu com ele naquela língua complicada. Pouco importava o que dissera, Tomás só registrou o sorriso do lourão, acompanhado de um gesto para que o novo personagem sentasse próximo a ele.

Mais uma vez a moça saiu, levando com ela o segundo louro.

— É tudo um grande mal-entendido, uma senhora confusão! — começou o senhor. — Alguém roubou meus documentos quando coloquei meu casaco no porta-bagagens.

O louro do jornal veio com um cafezinho para o novo "visitante", dando-lhe um tapinha amigo nas costas, tipo "não esquenta, tome um cafezinho e relaxe".

— Calma, calma. Tudo estarr bem, amigas.

O distinto cavalheiro tomou seu cafezinho, olhando em volta e, aparentemente mais conformado, dirigiu-se ao rapaz.

— Você também estava querendo embarcar?

— Eu? Não, senhor! E embarcar pra onde?

— Ainda bem, meu jovem. Desculpe dizer-lhe, mas suas roupas não estão adequadas para uma viagem internacional. Eu já estava na minha poltrona quando me descobr... her... quero dizer, quando tudo aconteceu. Não sei onde meu sistema falhou, preciso descobrir para bolar uma correção. Meu *go show* deu certo, certinho, mas eles me pegaram, sabe? Uma vez consegui ir até os Estados Unidos e fiquei por lá, viajando de avião, por um mês e meio.

Tentar embarcar sem passagem é praga que atinge todos os aeroportos do mundo, principalmente nos Estados Unidos, pois o número de voos nos seus principais aeroportos é incrivelmente maior do que por aqui. Por mais controles que as empresas aéreas criem e operem, tem gente que

consegue burlar a vigilância. A coisa é até simples: o "espertinho" entra no *go show*, quer dizer, se apresenta no balcão para o *check-in* (embarque) sem ter feito a reserva e, com uma passagem habilmente falsificada, tenta receber o *boarding* ou cartão de embarque; como sempre existem *no shows* (passageiros que fizeram reservas, mas não aparecem para embarcar), a "pilantragem" pode até acabar funcionando.

No Brasil isso é mais difícil, pois nosso controle de embarque é dos melhores do mundo, embora o crescimento do número de voos possa vir a comprometer tal eficiência no futuro — mas para Tomás, que não sabia de nada disso, a coragem e o engenho do velhote eram de admirar.

Seu parceiro momentâneo de sala de espera olhou para o lourão e, quando teve certeza de que ele estava concentrado no seu jornal, retirou do bolso interno do casaco meia dúzia de cartões de embarque de várias empresas aéreas, com outro tanto de bilhetes e, com a maior discrição possível, conferiu tudo, recolocando-os no mesmo lugar.

Com a maior naturalidade levantou-se e perguntou onde ficava o banheiro.

Alguns minutos depois voltou sorridente, endereçando um gesto para Tomás que informava que tudo desaparecera, sem dúvida pelo vaso sanitário, deduziu o jovem — destruíra as provas contra ele e o fez bem a tempo: quase imediatamente, a porta se abriu e dois homens entraram, conduzidos pela mesma recepcionista.

— Ora, ora! E não é que Mr. Montblanc queria viajar de novo... — disse com um sorriso o homem mais alto.

— E deste fez ele aprresentarr *ticket* e *boarding pass* — informou a moça, também sorrindo, como sabem sorrir os que descobrem golpes como aquele.

Nem seria preciso dizer que os dois eram da Polícia Federal, a postura deles era inconfundível.

Aeroportos são como cidades, os internacionais são o próprio mundo em dimensões reduzidas e em qualquer um deles encontramos de tudo, com uma embalagem bonita, superelegante, é óbvio.

Tomás não tinha dúvidas sobre isso e tal consciência era uma das razões do deslumbramento pelo "seu" aeroporto — deu-se conta de que faltava muito pouco para o primeiro *round* na tentativa de preservar seu emprego naquele mundo de sonhos. Não tinha ilusões, se metera "numa roubada" com aquela mochila, mas insistia que precisava ir em frente, coisas daquela vozinha que vinha lá de dentro.

*****

4

Às vezes é muito arriscado ganhar "uns trocados"

Tomás já estava se arrependendo por haver tomado aquela atitude: talvez não fosse a "melhor pedida" querer entregar a caderneta ele próprio "para descolar sua gorjeta". Bem que poderia estar ali com a mochila, encerrando aquela agonia de uma vez por todas.

Continuava meio ressabiado por não ter vindo com ela (estava guardadinha na sala do seu Mário), porém, embora permanecesse confuso com relação aos seus motivos, a tal vozinha insistia que precisava primeiro ver o dono daquilo, falar com ele olho no olho, para depois (e só então) devolver "a coisa".

Mergulhado em seus pensamentos e perdido nas suas reflexões, nem viu o tempo passar até que aquela porta foi novamente aberta.

— Meninas, esta serr a Mr. Gunnard — foi a saudação da moça, denotando um discreto alívio pela aproximação do final daquela situação. — E esta serr Mr. Willem, a intérpreta.

Levantou-se, examinando bem os dois novos personagens e apresentou-lhes a caderneta e o bilhete de passagem, os quais foram apanhados bruscamente por Mr. Gunnard, que os conferiu sem nenhum comentário.

Já o outro, Mr. Willem, depois de também olhar os objetos, disparou sua metralhadora de perguntas, falando num espanhol enrolado, questões que foram sendo respondidas pelo rapaz.

— Encontrei ontem à noite.

— Atrás de uma jardineira.

— Na varanda do aeroporto, de onde dá pra ver os aviões — trocou o lugar do "achado" sem saber por quê, coisa de instinto, talvez.

— Não, senhor, não vi ninguém por perto. Só quem tava olhando os aviões.

Os dois homens trocaram poucas palavras, e então o intérprete perguntou se ele poderia mostrar-lhes o local.

Tomás não disse nada, apenas coçou a cabeça, mas seus olhos estavam dizendo "Primeiro o meu dinheiro", mensagem que foi captada pela moça, que sorriu e disse alguma coisa para Mr. Gunnard. Os homens também deram sorrisos meio sem graça e Gunnard deu-lhe $30,00 — o jovem precisava manter o que inventara inspirando-se na recepcionista.

Sua estratégia ia dando certo e, depois de colocar o dinheiro no bolso, concordou em mostrar o lugar — até ali estava bem claro que sua intenção estava centrada em receber aquela gorjeta, pensava consigo mesmo Tomás.

Enquanto seguiam para a varanda, Tomás se dava conta de que não gostara de nenhum dos dois, parecendo-lhe cada vez mais que agira certo em querer ver primeiro como era o dono da mochila; agora, iria pensar o que fazer e, se resolvesse devolvê-la para eles, já sabia que era só retornar ao balcão da Deutschland.

*****

O superintendente da Manutenção chamara seu Mário à sua sala.

— Foi tudo instalado como o senhor mandou, chefe. As filmadoras estão nos tubos de ar condicionado — explicou seu Mário —, estão bem camufladas, praticamente invisíveis.

— É a nossa única chance de pegar esses ladrões, Mário. O que me intriga é que tem dias que não some nada, nem um pacotinho que seja... e, de repente, desaparece um monte de bagagens.

— Também andei pensando nisso... Quem sabe não se trata de uma quadrilha pequena que age aqui no setor de passageiros?

— E tem que ser gente da casa.

— Concordo com o senhor, gente de fora daria logo na vista.

— Não encontro outra explicação. A área de distribuição de bagagens aqui não é tão grande assim e as malas, sacolas e pacotes não se demoram no depósito; é o avião parar e logo as bagagens são retiradas para ser entregues aos passageiros.

Apesar daquilo ser assunto de competência da Segurança, a Manutenção estava participando por determinação da própria direção do aeroporto e, aliás, outras pessoas também deveriam ter sido convocadas para colaborar nas investigações daquele tremendo problema.

— Quem sabe se pegarmos os que roubam aqui, não descobriremos os que agem nas cargas, chefe?

— Não me surpreenderia com isso, Mário, embora o caso lá tenha outras características.

— É, mas bandido conhece bandido, um sabe o que o outro tá fazendo...

— Lá isso é verdade; o fato é que precisamos pôr um fim nisso.

— Vamos conseguir, chefe. Mas não podemos esquecer que o movimento do aeroporto vem crescendo a cada ano e hoje nossas instalações já são muito menores do que necessitaríamos.

Todos estavam preocupados com aquela desconfortável situação e, para piorar tudo, ninguém tinha sequer uma pista, por menor que fosse — aquela colocação de novas câmaras de televisão era mais um esforço para melhorar a vigilância.

*****

O que Tomás não sabia (e não havia razões para que soubesse) é que seu Mário, depois de ter conversado com o superintendente da Manutenção, se dirigiu até o saguão, de onde viu o rapaz falando com a recepcionista até que foi conduzido lá para dentro; só que não estava sozinho, seu Mário trouxera o seu amigo Cláudio com ele.

Cláudio era um veterano agente da Polícia Federal, da equipe do aeroporto. Seu Mário dissera a ele que desconfiava que Tomás achara uma caderneta que pertencia a um vigarista internacional; o rapaz ia devolvê-la e ele pediu ao seu amigo que fossem lá para ver quem iria buscá-la.

Gunnard e Willem chegaram e o agente Cláudio não teve sua atenção despertada por isso.

Mas, quando os dois saíram com Tomás rumo à varanda, o agente Cláudio e seu Mário ficaram intrigados e seguiram o trio sem serem percebidos por eles, tanto que o policial entrou no elevador junto com os três — Tomás, às voltas com a criação de um plano para fugir dos "gringos", nem se deu conta da presença do agente.

Uma vez na varanda, Cláudio ficou perto do elevador, um olho no trio, outro na porta do elevador, esperando por seu Mário.

Tomás escolheu a jardineira mais próxima da primeira porta do restaurante panorâmico.

— Foi naquela ali! — apontou, procurando mostrar segurança.

Os dois homens se entreolharam, comentaram algo entre eles, examinaram a jardineira, olharam em volta e deram a entender que estavam satisfeitos — a história contada pelo jovem era plausível. Quem tivesse ficado com a mochila bem que poderia ter subido até ali para examinar seu conteúdo e se desfizera da agenda e do bilhete naquele lugar.

Claro que estavam aborrecidos, mas as explicações que haviam recebido encerravam o assunto; tanto que Gunnard deu mais $10,00 para Tomás.

— *Thanks, boy* — foi a única vez que lhe dirigiu a palavra.

E ambos se retiraram.

Já distantes mais de 5 metros, o intérprete voltou-se de supetão.

— *Cual es su nombre, hijo?*

Sem dúvida, a pergunta pegou Tomás de surpresa e desconcentrado, uma vez que seus interlocutores já estavam indo embora.

— Tomás — foi a resposta mecânica, o maior "vacilo".

— Tomás!!! *El nombre en la mochila!*

O urro de Willem foi o bastante para fazer o rapaz disparar restaurante adentro, passando com rara habilidade por entre as mesas, enfiando-se pela porta utilizada pelos garçons, cruzando a copa e a cozinha como um raio, em direção aos fundos — bendita troca de local do "achado", ali havia por onde fugir.

Os dois correram atrás dele, sem a mesma agilidade; a passagem de Tomás já atraíra a atenção de todos, clientes e garçons, de modo que, quando estavam chegando à porta por onde o rapaz se enfiara, foram barrados pelo *maître* e pelo *barman*.

O agente Cláudio e seu Mário entraram no restaurante, mas ficaram perto da porta, de onde constataram que o rapaz desaparecera.

*****

Válter estava na copa quando seu amigo passou correndo e, assim como os demais, assustou-se com o fato e com o vozerio que vinha lá de fora; agindo como todos, foi ver o que se passava, silenciando sobre ter visto Tomás indo para os depósitos da cozinha.

Eis a razão pela qual ele presenciou o bate-boca entre os estrangeiros e o *maître*: eles diziam haver sido roubados pelo molecote fujão e queriam pegá-lo.

— Muito bem, então chame a Polícia, Bernardo — determinou ao *barman*, deixando claro que não iria sair dali e que na cozinha os dois não entrariam. Nem foi preciso o *chef* entrar na discussão: para os cozinheiros-chefes, "os cobras" responsáveis pelo preparo de mil e uma receitas das grandes cozinhas dos restaurantes, seus territórios são como santuários, áreas nas quais são os imperadores absolutos e onde só entra quem for por eles convidado.

E aí ocorreu o inesperado: à voz de polícia, as "vítimas" mudaram de atitude. Ainda falaram uma palavrinha aqui, outra ali, mas "como não perderam grandes somas" era melhor deixar tudo como estava.

O grandalhão Willem admitiu que ficaram com raiva, não estavam acostumados a serem roubados em seus países...

Aquela decisão dos estrangeiros intrigou a maioria das pessoas, Válter mais ainda: primeiro havia o fato de saber que Tomás não era ladrão e "gringo que não quer polícia num lance daqueles só pode ter culpa no cartório", tão certo como 2 e 2 são 22, como dizia seu pai.

Mesmo assim, principalmente pelo desfecho, precisava falar com Tomás, o que teria de ser realizado "na moita" para não comprometer o emprego do amigo; e, mais do que depressa, dirigiu-se imediatamente para os fundos da cozinha, onde ficavam os depósitos — Tomás estaria num deles, com certeza.

Procurou nos quatro depósitos e nada do rapaz.

A porta do final do corredor estava fechada, mas além dela só existia a câmara frigorífica e nenhum louco entraria ali.

Ou entraria?

Abriu a porta, passando para a pequena sala com uma grande mesa de inox, fechando-a cuidadosamente; depois foi a vez de abrir a pesada porta da câmara e aí não deu outra: Tomás estava lá, tiritando de frio.

Válter puxou-o para fora — ele mal conseguia andar, já estava começando a congelar — e fechou a porta sem fazer barulho.

— Puxa, cara! Tô numa fria!

— E se eu não venho aqui, cê ia tá numa supergelada, mané! Mas agora num dá pra papear — ele falava rápido. — Fique aqui e não entre aí de novo. Assim que puder, volto pra cá, não posso dar bandeira agora.

Mas ele só conseguiu retornar depois do meio-dia, na sua hora de almoço, e chegou com seu prato reforçado "para dar uma beirada" a seu amigo.

Tomás tomou a iniciativa e fez-lhe um breve resumo sobre a história da mochila, omitindo vários detalhes.

— Preciso falar com seu Mário — concluiu —, mas não aqui no aeroporto.

— É, concordo, esse papo não deve ser aqui. Será melhor lá em casa. Mas primeiro é preciso que cê saia daqui e isso não vai ser muito simples, cara. Cê não pode sair pela frente, passando por todo o mundo.

— Tá na cara que não! Os gringos devem estar lá fora, na maior butuca!

— Vou ver o que dá pra gente fazer e volto logo.

*****

O agente Cláudio e seu Mário permaneceram perto da porta, do lado de fora, e viram quando os dois estrangeiros foram embora.

— Tomás sumiu!

— E bem sumido! — comentou bem-humorado o policial.

— Bem, ele deve me procurar aqui ou lá em casa.

— Vamos manter isso só entre nós, por enquanto. Quando você tiver mais elementos, voltaremos ao assunto.

— É, Cláudio... aí tem coisa.

*****

Como nem Válter nem Tomás sabiam que os "gringos" tinham ido embora, continuaram agindo com o maior cuidado.

Depois de examinar algumas saídas possíveis, Válter concluiu que Tomás só poderia se safar pelo elevador de carga da cozinha, que ficava entre o segundo e o terceiro depósito.

O corredor dos depósitos vinha da cozinha, era bastante largo e seria necessário que fosse bloqueada a visão de quem, lá da frente, olhasse para o fundo.

Encontrou um painel grande encostado à parede, que serviria para seu propósito na hora da "fuga": mudaria o painel de lugar, fechando o espaço por alguns instantes.

*****

Retornou com as instruções.

— Preste atenção, Tomás. Vamos ter que agir bem coordenados. Cê vai sair pelo elevador de carga que fica do lado esquerdo do corredor, depois do segundo depósito. Vou sair na frente e cê fica me olhando pela fresta da porta. Chamo o elevador de serviço e travo a porta dele com um cabo de vassoura. Aí, volto pro corredor, vou lá pra cozinha e apago as luzes daqui... Bem, é a hora pro cê se mandar. Entra no elevador e solta o calço da porta tão logo esteja dentro dele, sacô? O bicho irá direto pro pátio de carga. Daí pra frente, cara, vai ser por sua conta...

— E se tiver alguém por lá?

— Problema seu, se vire. Não encontrei outra solução, cê só pode se mandar desse modo, é o que acho. O pessoal da cozinha parece que tá achando que cê entrou aqui e se mandou durante a confusão com os gringos lá na frente, viram que eu vim procurar e acreditam que não encontrei nada... O pessoal que trabalha na cozinha fala pouco, todo mundo só tá preocupado com as receitas e a arrumação dos pratos, não rolam grandes papos por aqui.

— Pô, cara. Brigadão!

— Tomás, cê num pode vacilar. Se descobrem que cê tá aqui, a Segurança vai ser chamada... e essa história que cê me contou tá um tremendo dum rolo, cara, muito pior que avião voando sem piloto, sacô?

— E não é!? Bota rolo nisso, mermão!!!

— Tô ajudando porque sei que cê num é ladrão, é gente limpa. Mas num entendi o que cê contou, pode crer.

— Se nem eu tô entendendo!

— Tudo em cima, depois a gente fala nisso. Agora, bota toda a atenção no lance, não marque bobeira ou eu me dano junto, cara.

*****

Tudo aconteceu como Válter planejara e, assim que as luzes se apagaram, Tomás correu silenciosamente para o elevador de carga, embarcando com um quase mergulho e, com os pés, tirou o calço no exato momento em que as luzes foram novamente acesas. "Amigão, aquele Válter. E superesperto", pensou enquanto o elevador descia.

Aquele "bichinho" era apertado e seu piso e as paredes se encontravam melados, uma espécie de goma ou gordura cobria tudo ali, mas o que contava é que estava descendo.

Parou no tranco, a porta se abriu e ele travou-a com os pés; no espaço que dava para ver, não tinha ninguém à vista — era a hora da "sua decisão", respirou fundo, preparando-se para sair correndo, se fosse necessário.

Desceu devagar, músculos retesados, pronto para o que desse e viesse. Mas não havia ninguém na área.

Limpou suas mãos na parede e começou a caminhar devagar; agora, era descobrir onde ficava a saída daquele lugar — diga-se, um lugar que nunca vira antes.

— Ei, meu ! Qui é que cê tá fazendo aí?

Foi como receber uma pedrada, mas Tomás não se afobou e virou-se para o homem, que se aproximava pela direita, protegido por caixotes empilhados.

— Sou da Manutenção — informou logo, tirando o crachá do bolso. — Fui dar um giro e acho que me perdi.

O homem não disse nada, pegou o crachá e, com cara de poucos amigos, encarou Tomás.

— Trabalho com seu Mário.

Em boa hora disse aquilo — seu Mário era querido e respeitado —, aquela referência desarmou o homem.

— Pombas, cara, cê tá em péssimo estado! Podia ter tomado banho depois do serviço, né? Bem, pra sair, vá em frente até o paredão, o portão fica atrás dele, é só dar a volta.

— Pô, amigo. Brigadão, mesmo.

— Vou c'ocê até lá. Mesmo com esse crachá, o pessoal do Portão 3 ia ficar cismado, cara. Cê tá com uma pinta horrível.

E ele acompanhou Tomás até o canto do paredão.

— Diz lá que foi o Haroldo que liberou sua passagem.

Foi só aí que o rapaz teve a curiosidade de ler o crachá do seu mais novo aliado e lá viu seu nome.

— Fico até eles me virem aqui, só pra garantir que cê vai despachado com frete a cobrar.

O que foi dito aconteceu: ao nome de Haroldo, o vigia olhou para trás e recebeu o seu aceno como "passe livre", devolvendo o crachá do jovem e deixando-o passar.

*****

Com muito cuidado foi pegar a mochila — não queria ser visto por ninguém, principalmente por seu Mário; pegou-a e se foi.

Ia caminhando e pensando.

Conhecera Gunnard e Willem, ganhara uns trocados, sempre bem-vindos, mesmo por uma via de que não gostava, e quase virara picolé de gente.

O caso da mochila era muito mais complicado do que imaginara.

De certo modo cumprimentou-se por não tê-la entregue antes de ver seu dono.

Fizera tudo até ali na base do puro instinto — a tal da “voz” que vinha lá da sua cabeça.

Iria para casa, tomaria um belo dum banho, trocaria de roupa, inventaria uma desculpa para dona Célia e iria falar com seu Mário.

Seria preciso esperar até a noite, mas fazer o quê?

Já tomara uma decisão: contar toda a verdade, mas agora ia esclarecer os detalhes, desse no que desse, a começar pelo roubo de bagagens que presenciara... Uma certeza se instalara na sua cabeça: aquilo tudo era muito maior do que ele, não dava para ir levando na base do “eu me safo”.

No fundo, no fundo, já estava se confundindo com tantas reviravoltas.

*****

5

Estava no limite, precisando urgentemente de ajuda

Chegou ao Turista por volta das 14:00h e foi direto para a birosca do Valdeco, tosca imitação de bar-botequim-lanchonete-padaria em $6m^2$, comprar pão e leite, como fazia aos sábados e domingos.

Mal encostou no balcão, Valdeco veio em sua direção, olhos brilhando de curiosidade.

— Mermão, qui é que cê aprontou? Cê tá bem sujo, hein?

— Eu, seu Valdeco? Pô, trabalhei até agorinha... nem deu pra tomar banho por lá!

— Sei não. Cê foi procurado por dois gringos e um pé de chinelo... Tavam a fim de falar com você — o "você" foi bem frisado.

Alerta máximo, muito bem disfarçado — fora procurado por dois gringos, que não podiam ser aqueles que conhecia.

— Segurei as pontas que não sou de gostar de gente estranha por aqui, mas a pestinha duma garota foi logo entregando o serviço e mostrou onde ficava o barraco de dona Célia.

— E os caras?

— Foram pra lá... Fiquei sabendo que bateram muito na porta e só não forçaram a entrada porque Dedéu tava em frente numa conversação com a turma do pagode e disse que era pra pararem de bater que não tinha ninguém em casa, naquele modo grosso que ele tem de falar, sabe comé, né? — seu Valdeco estava "por dentro" de tudo que se passava no Turista, era a "central de fofocas" local.

— Eu, hein? Gringos procurando por mim?

— Corta essa, Tomás. Se ocê aprontou alguma tamos aí do seu lado, cara. Sabe cumé! Tamos junto com nossa gente, só assim pobre sobrevive. Mas, se são amigos novos, eles são bem-vindos, tá falado? — Valdeco falava sem tirar os olhos do rapaz para ver uma reação que fosse, mas ela não apareceu, contida pelo jovem. — Bem, aí tá o leite e quatro pães franceses, só isso? — foi o máximo que conseguiu para esticar a conversa.

Tomás pegou a sacola e subiu devagar para casa, sabia que seu Valdeco estava de olho nele, que, por sua vez, observava disfarçadamente de um lado para outro, para ver se havia algum estranho na área — mas fazia isso sem dar a perceber para que o birosqueiro não notasse.

Chegou ao barraco sem notar nada de anormal, sinal de que os gringos não tinham ficado por ali... Só que não existia nenhuma garantia de que não retornassem sem o menor aviso, afinal, agora eles tinham certeza de que ele morava ali.

Precisava tomar um banho bem depressa e trocar de roupa antes que sua tia chegasse; muito provavelmente ela estava demorando por ter ido fazer alguma comprinha.

— É, vou pra casa do seu Mário — decidiu-se, não ficaria ali "nem a poder de reza". Fez um bilhete para sua tia e saiu pela frente para que seu Valdeco e quem mais fosse vissem que ele não ficara em casa.

*****

Como ele esperava, lá também não havia ninguém, mas ali estaria protegido contra os gringos e, para não deixar pistas, seguiu em frente, entrou numa viela e retornou à casa pelos fundos do barraco, passou pela cerca e sentou-se num dos tamboretes no telheiro de trás, o qual fazia as vezes de churrasqueira em muitas ocasiões.

Aproveitando o silêncio, repassou todos os fatos daquele dia.

Refletiu sobre eles sem encontrar outra explicação para tudo aquilo além de que aquela mochila era "uma bomba", ali "havia coisa".

Tentara resolver aquela situação sozinho, julgou-se em condições de "dar uma volta" nos gringos, mas o que conseguira, de verdade, foi ir se afundando cada vez mais naquele emaranhado de mentiras, por não ter "aberto o jogo", preocupado em não envolver seus amigos naquilo.

Só que tudo estava dando errado, ele já colocara Válter no "rolo".

E naquele exato instante, com os gringos batendo na porta do barraco de dona Célia, colocara em risco a sua querida tia.

Não tinha a menor ideia de como proceder dali em diante, o chão estava desaparecendo debaixo de seus pés.

Precisava de ajuda e, por mais que isso ferisse seu amor-próprio, ninguém melhor do que Válter para "dar uma força".

*****

Estava tão absorvido em seus pensamentos que levou um susto danado quando Noel abriu a porta dos fundos — nem se dera conta de sua chegada.

— Ei, cara! Qui é que cê tá fazendo aí?

— Oi, Noel. Marquei com Válter pra vir pra cá.

— Ele tá de serviço, ainda vai demorar. — O pessoal do restaurante sempre saía por último.

— É, tô sabendo. Tive lá no aeroporto com ele na hora do almoço.

E mais não disse, passando a "rolar aquele papo" próprio dos jovens. Tomás se empenhava em ser natural, Noel iria saber de tudo dali a pouco, não precisava começar a falar agora.

Sônia apareceu pouco depois, mais tarde chegou Válter, que nem comentou nada sobre as aventuras daquela manhã (apenas trocou um olhar cúmplice com seu amigo), e, finalmente, seu Mário, que não estranhou a presença de Tomás nem lhe perguntou sobre seus "achados".

Após os costumeiros "ois", seu Mário foi tomar banho.

*****

Em pouco tempo a casa ingressou em seu ritmo normal: Sônia preparava o jantar, os rapazes conversavam na sala, que dava para a rua.

Quando seu Mário chegou de bermudão e camiseta gostosamente bem velha (suas preferidas), Válter aguardou um pouco para "fazer a bola rolar".

— Pai, o Tomás tem uma história pra contar.

— É, já tô sabendo... Conseguiu entregar a tal caderneta?

— Bem, seu Mário — Tomás pigarreou forte —, consegui.

— Ora, muito bem. Ganhou o seu? — O velho sabia das coisas da vida, era "águia".

— Pai — cortou Válter —, Tomás tem muito mais coisas pra contar.

Sônia, que escutava tudo lá do fogão, se aproximou.

E Tomás começou seu relato do início, desde a hora em que se encontrava apreciando os aviões.

*****

Sua narrativa era o único som que rompia o silêncio daquela sala. Sônia até desligou o fogão, e todos o ouviam sem a mínima interrupção, apenas entreolhavam-se de vez em quando — bem, não é todo dia que se ouve relato tão fantástico e, ainda por cima, narrado pelo próprio protagonista.

— ...e a coisa aconteceu assim. Quando vim pra cá, passei no seu Valdeco pra ele ver que eu tava saindo de casa.

— E dona Célia? — quis saber seu Mário, a calma em pessoa.

— Tudo em cima. Deixei um bilhete dizendo que tava aqui.

— Sônia, cê já desligou mesmo o fogão, minha filha. Vá lá e converse com ela, diga que Tomás tá aqui e desapareça com o bilhete. Melhor, diga que Tomás foi comigo pro aeroporto, que pintou um probleminha lá na Manutenção e que eu pedi pra ele ir comigo.

— Pode ser depois do jantar, pai? — aflições de Noel.

— Não, meu filho. Vá logo, Sônia.

— Noel, cê tá varado de fome, né? Pegue arroz e feijão e vá disfarçando, mano — Sônia conhecia seu povo. — Assim que voltar, passo os bifes.

Noel sequer pestanejou, atracou-se no arroz com feijão.

*****

Enquanto Sônia cumpria sua "missão", seu Mário aproveitou para fazer algumas perguntas ao rapaz, com a maior paciência desse mundo, como se aquilo tudo que acontecera não fosse mais do que um filme na televisão.

Por meio desse processo revisou tudo o que o jovem contara, ponto por ponto, checando a coerência das respostas, como o comandante do avião no seu *briefing* de decolagem.

— A mochila tá lá com o senhor — disse o rapaz, lá pelas tantas.

— É, meu amigo. Parece que cê tá numa confusão daquelas...

— E tudo começou pela bobeira de querer ver os aviões mais de pertinho — lamentou-se Tomás.

— As coisas bobas às vezes levam a grandes aborrecimentos — filosofou seu Mário, mas sem recriminá-lo por nada. — Mas vamos ser práticos.

Foi quando Sônia retornou.

— Tudo certinho, pai, dona Célia tá numa boa, expliquei a emergência do aeroporto e aqui tá seu bilhete, Tomás.

— Pai, não dá pra gente ser prático enquanto come? — Noel sempre estava faminto.

Sônia finalizou o jantar e a comida foi servida. Enquanto comiam, seu Mário distinguiu os problemas, o roubo de bagagem era um e a mochila era outro.

— Cê se lembra por onde eles cruzaram a cerca?

— Com certeza! É só a gente ir lá que eu mostro pro senhor.

— Bem, isso simplifica o primeiro caso. Agora precisamos descobrir o que fazer com a mochila.

Todos estavam atentos, sabiam que apenas seu Mário poderia resolver aquela tremenda confusão.

— Preste atenção na ligação das situações, Tomás. Cê trabalha no aeroporto, conhece as regras da vida ali, sabe que qualquer coisa estranha que aconteça na minha área ou com o pessoal de minha equipe tem que ser informado pra mim e eu, por minha vez, se não conseguir desfazer o embrulho, tenho que procurar o superintendente — e, para tranquilizar a todos, acrescentou: — Esse papo aqui não conta, ainda é coisa particular. Pois bem, passando pro superintendente, se ele não resolver, tem que ir pra Segurança e, num caso como este, por exemplo, isso acaba indo até a Polícia Federal... e aí, dê no que der, cê tem tudo pra acabar no olho da rua, pois cê quebrou as regras, de acordo?

Ninguém comentou nada, o raciocínio estava certo.

— E aí, meu amigo, tem tudo pra sobrar pro Válter também... Ele fez como você, passou por cima das regras...

— Pai, acho que posso ajudar!

— Qui é que cê pode fazer, minha filha? Isso aqui é briga pra cachorro grande...

— É que eu conheço um cachorro enorme! — disse, sorrindo. — Sem brincadeira, gente. Lá no cursinho tem um professor muito bacana. Tá lá pelos sessenta, mas tem cuca mais fresca que muita gente que nem chegou nos vinte. (Sônia estudava num cursinho, graças à bolsa que seu Mário conseguira por intermédio de um chefão lá do aeroporto; ela estava se preparando para o vestibular para prestar Comunicação.) — Pois esse professor, Mestre Borba, ajudou a livrar a cara de um colega nosso, cujo irmão era viciado em drogas e que acabou enrolando o outro com os traficantes. Ele é assim (mostrou com os dedos das mãos) com o pessoal do Ministério Público, ligadão com os homens, gente fina de montão. Eles até foram lá no cursinho, levaram mil papos cabeça com a turma, livraram a cara do Vicente daquela parada e até conseguiram uma clínica de desintoxicação pra tratar do irmão dele.

— É, esse pessoal do Ministério Público é sério. Na maioria são jovens, têm um pique danado e são muito competentes. O caso da bagagem, a gente pode resolver por lá mesmo, mas o dessa mochila, isso já é coisa pra Polícia Federal, e uma investigação vinda de fora será a melhor solução. Eu bem que poderia pedir pro agente Cláudio entrar nessa, mas será melhor se for gente de fora.

Todos entenderam que a situação era complicada e que ainda enfrentariam muitos perigos.

— Amanhã é domingo — prosseguiu Sônia, feliz de poder participar. — A gente passa lá no cursinho, digo pro vigia que preciso entregar um trabalho pro professor, pego o endereço dele e Tomás conta isso tudo pra ele. Tenho certeza de que Mestre Borba vai nos ajudar.

Não havia dúvida de que a ideia da moça era uma boa saída.

— Legal... mas se isso der em nada a gente pode largar essa droga de mochila lá na Deutschland e eles que se virem — simplificou Válter.

— Bem, Tomás, cê dorme hoje aqui, no quarto dos meninos. Se arrumem por lá, cambada — comandou seu Mário, sorriso brincando naquele rosto curtido pela dona Vida.

*****

Na manhã seguinte todos acordaram cedo, a excitação, claro, era geral.

— Noel, vai lá no Valdeco comprar pão e leite e, como quem não quer nada, pergunte pelo Tomás.

Ninguém entendeu aquela providência, mas nenhum deles disse nada.

*****

Noel demorou a voltar com o pão e o leite e trouxe más notícias: o barraco de dona Célia fora arrombado, ela fora amarrada e dois homens deixaram tudo de pernas para o ar, reviraram canto por canto.

Mas havia uma notícia boa, segundo Valdeco: dona Célia estava bem.

A primeira reação de Tomás foi querer ir ver a tia.

Seu Mário foi taxativo: "Nada disso, moço".

E explicou o motivo.

— Os caras, sejam lá quem forem, devem ter vindo à procura da mochila, mas não encontraram a danada. Bem que podem estar esperando Tomás, até com um alcaguete. Se Valdeco vir o Tomás por lá, todo mundo no Turista vai ficar sabendo, ou cês acham que vai ser diferente?

E era isso mesmo.

— Cê e Sônia vão sair pelos fundos e vão atrás do tal professor. Cês dois se guentem por aqui e eu mesmo vou levar uma prosa com dona Célia e, se achar que devo, trago minha amiga pra almoçar com a gente. Se prepare seu Válter, que tem tudo pra sobrar procê, cara.

Válter era o cozinheiro "reserva".

— Não se preocupe que Valdeco disse que ela tá bem, Tomás. Se tivesse tido um arranhãozinho que fosse, aquele birosqueiro fazia dele um ferimento de faca, né?

Além de "fofoqueiro", Valdeco era trágico, apostava no "quanto pior, melhor".

*****

Sônia se munira de uma pasta com várias folhas de papel, mas não conseguiu comover o vigia, que, só depois de muita insistência dela, concordou em ligar, ele próprio, para a casa de Mestre Borba.

Como ele não encomendara nenhum trabalho para a moça, concluiu que ela estava com algum problema, precisando falar com ele — disse para o vigia que a colocasse na linha.

E não deu outra: foi ela explicar sobre "o trabalho", que ele confirmou que a jovem tinha necessidade de falar pessoalmente com ele, e então lhe forneceu o endereço de sua casa.

Quando os dois chegaram, foram conduzidos para a sala de estar, e o professor, olhar vivo e atento, percebendo a tensão da dupla, procurou descontraí-los com assuntos engraçados, antes de perguntar sobre o que pretendiam falar.

— Tomás é um grande amigo da família e tá com um problemão — iniciou a jovem, quando instada a falar. — E isso pode custar o emprego dele e o do meu irmão também, se não acontecer coisa pior.

O professor encarou Tomás e este começou a contar suas aventuras, repetindo tudo o que dissera lá na casa de seu Mário, sem omitir nada. Falou por mais de meia hora, Mestre Borba ouviu tudo com o máximo interesse.

— É, a situação parece muito séria, meus jovens. Mas precisamos dessa mochila para conhecermos o que temos em mãos — foi seu comentário ao final do relato, o que significava que ele estava se dispondo a ajudar o rapaz. — Aguardem uns minutinhos apenas — pediu licença e saiu em seguida.

— A mochila tá no armário da sala do seu Mário! — comentou Tomás.

— Bem, se o professor achar que é importante, nós vamos lá em casa, falamos com papai e ele vai buscá-la, ora.

Ao regressar, Mestre Borba não contou para eles que telefonara para um amigo seu, promotor do Ministério Público, que aceitou vir almoçar com eles. Então Tomás contou-lhe onde estava "a coisa".

— Vou com Sônia para pegar seu Mário e depois a mochila e você fica aqui, Tomás.

— Mas eu...

— Meu caro, você não poderá ir — cortou o professor. — Pode ter alguém dessa turma por lá e nós não queremos que nossa canoa afunde, de acordo?

Tomás compreendeu a situação.

— De que tamanho é essa mochila?

Ele mostrou com gestos e, ciente do volume dela, o professor saiu outra vez da sala, demorando-se um pouco mais até retornar com uma bolsa de viagem bem grande, seguido por uma senhora sorridente.

— Antonieta, minha esposa — apresentou-a. — Vou dar uma saidinha com esta bela jovem e Tomás vai nos esperar aqui, minha velha.

— Mas que bom! Pode deixar que cuidarei dele. E você, minha filha, cuide do meu velho, viu?

— Ah! Gouveia deve vir lá pelo meio-dia para almoçar conosco, meu bem.

— Mesa cheia, isso quebra a monotonia deste domingo.

Os dois se foram, deixando Tomás vendo televisão, com direito a biscoitinhos e refrigerante que dona Antonieta serviu com aquele sorriso supersimpático.

— Bem, fique à vontade, meu filho, que vou cuidar do almoço.

— Posso ajudar a senhora?

— Obrigada, Tomás. Mas não precisa se preocupar. Aproveite os biscoitinhos e relaxe! — E sua agradável gargalhada ressoou pela casa, enquanto ela ia lá para dentro.

*****

Passava pouco das 11h15 quando Mestre Borba e Sônia retornaram com a grande bolsa bem bojuda.

— Pronto, jovem. Sem nenhum problema. Graças à compreensão de seu Mário. — E colocou a bolsa no canto da sala. — Deixemos esse tesouro bem quietinho... em breve estará aqui quem saberá nos dizer exatamente o que existe ali dentro e se é coisa legal ou não.

Foi falar com sua mulher e voltou pouco depois, recomeçando a contar seus casos engraçados.

O ambiente estava agradável quando Gouveia chegou, quase ao meio-dia; era baixo e tinha um ar de determinação que contagiava quem o olhasse.

Mestre Borba foi bastante objetivo e, depois de feitas as apresentações, reproduziu o que Tomás lhe contara, demonstrando uma fantástica memória.

Chegou a tão esperada hora de abrir a mochila. Seu conteúdo foi minuciosamente examinado e colocado em cima da mesinha de centro — Sônia era a mais surpresa com aquelas coisas, não que tivesse duvidado do seu amigo, mas ficara impressionada ao ver tudo aquilo ali na sua frente.

— Isso aqui são ações ao portador — Gouveia começou as explicações —, emitidas por um banco da Noruega. Devem valer perto de 50 milhões de dólares.

Os jovens se assustaram com aquele número tão grande.

— O que me parece é que foram roubadas ou são falsificações. Entraram ilegalmente no Brasil, contando com a cobertura de alguém lá no aeroporto para que isso não fosse examinado pela Receita Federal.

Tomás imediatamente pensou em Macaco, era ideia fixa dele.

— Vamos ter que examinar esta papelada da bolsa com mais calma, pois, pelo que está parecendo, poderemos descobrir dados muito importantes sobre esse golpe. Uma pena você já ter entregue a caderneta, Tomás. Mas, se não tivesse feito isso, não saberíamos a reação de Gunnard, que parece a confirmação de que algo ilegal está em curso, reforçada pela invasão da sua casa. Isso é sinal de desespero dessa turma. Essa mochila tem história...

*****

Dona Antonieta, sempre sorrindo, interrompeu a reunião, anunciando o almoço.

— Comida quando esfria fica intragável! — Sua gargalhada veio em seguida.

*****

Sônia e Tomás comeram pouco, apesar de a carne assada estar deliciosa, com um molho ferrugem simplesmente divino, afirmação de Gouveia, um excelente garfo — a excitação deles era enorme e maior ainda a expectativa sobre como tudo aquilo se desenvolveria.

Já Mestre Borba e seu amigo conversaram como se nada tivesse acontecido.

— Esse caso é verdadeiramente sério, felizmente ainda no seu início. Graças à intuição de Tomás, que resolveu não devolver a mochila, estamos chegando juntos com essa turma do Gunnard e, por conta disso, precisamos agir com rapidez. — Gouveia fazia um resumo de suas primeiras conclusões. — E agora vem o lado desagradável disso tudo: você, Tomás, não vai poder voltar para o Turista por esses dias e eu mesmo cuidarei de lhe arrumar um lugar para ficar por hoje; amanhã montaremos um esquema melhor.

O promotor conhecia o assunto e, se dizia que era preciso atuar rápido, tinha lá suas razões.

— Sônia, você precisará voltar para casa e conversar com seu pessoal e diga ao seu pai que seria muito bom que todos saíssem de lá por dois ou três dias, tempo em que teremos que resolver o caso. Conte-lhe tudo o que você viu e ouviu aqui, ele compreenderá essa necessidade. E temos que dar cobertura também para dona Célia, pois, como ela não sabe de nada, não acho bom assustá-la agora. Vamos ver como resolver isso.

— Essas medidas, minha filha, são apenas de precaução — tranquilizou Mestre Borba.

—Diga à tia dele que Tomás está na casa de um colega, ou de serviço no aeroporto, ou qualquer coisa assim. Melhor ainda, peça para seu pai resolver sobre o que dizer para dona Célia. Entendeu tudo?

O promotor Gouveia agia com rapidez, era um trator que seguia em frente, objetivo e sem meias palavras.

— Fique tranquilo, Borba. Tomás dormirá onde eu estiver, pode não ser muito confortável, mas será seguro... Esse caboclo é forte, vai aguentar o tranco, não vai?

*****

6

A experiência começa a iluminar o cenário

De volta ao Turista, Sônia contou tudo para três superatentos ouvintes e, no final do relato, seu Mário perguntou para onde ela iria.

— Vim pensando isso no caminho, pai, e vou pra casa da Cirlene, minha melhor amiga lá do cursinho. E o bom é que ela mora perto da escola e até já me convidou várias vezes pra ir dormir na casa dela.

— Ótimo, isso facilita tudo, pois eu e os meninos iremos pro aeroporto. Bem, vamos preparar nossas coisas. Válter irá c'ocê até a casa dessa amiga. Noel, cê vai direto pro aeroporto. Vou falar com dona Célia e depois me encontro c'ocê lá na minha salinha. Quando tudo tiver certo com Sônia, cê vai direto se encontrar com a gente. Acho que assim tá bom.

Os quatro se olharam, nunca haviam passado antes por uma situação como aquela.

— Coitado do Tomás, tá encarando uma barra pesada — comentou seu Mário, até um pouco emocionado.

Os quatro se abraçaram.

*****

Cirlene aceitou a explicação de Sônia — seu pai e irmãos teriam que ficar de serviço no aeroporto por três ou quatro dias e não queriam que ela ficasse sozinha em casa — e, a bem da verdade, aceitaria qualquer explicação da amiga, pois estava "curtindo" a novidade de sua companhia. A mãe dela deu-lhe todo o apoio, achando, como a jovem, a situação normalíssima.

— Mana, não se esqueça de ligar pro velho. E diz que eu tô indo direto pra lá — pediu Válter.

*****

Evidentemente, Noel foi o primeiro a chegar, levando a bagagem deles todos — eles formavam um time superunido, cada um fazia a sua parte sem reclamação e tinham prazer em se ajudar mutuamente.

*****

Gouveia deixou a casa de Mestre Borba e foi direto para a Polícia Federal, com Tomás a tiracolo. Aproveitou estarem só os dois para lhe falar com calma.

— Nós vamos para a Polícia Federal, esse assunto é da área dela; tenho um grande amigo lá, o agente João César. Mas evite conversar com outras pessoas e, em nenhuma hipótese, diga por que está lá.

— O senhor não confia no pessoal da Federal?

— Meu amigo, quando estou num caso, não confio em ninguém além dos meus parceiros, percebe? A vida não é passeio no *shopping*, nunca se esqueça disso. E nesse caso de polícia contra bandido, é prudente desconfiar até da própria sombra... Essa é a primeira regra para sobreviver. Vamos entrar numa pequena "guerrinha" e queremos sobreviver, não é mesmo?

*****

A Polícia Federal ocupava um casarão cercado por árvores, com jardins que deveriam ser lindos ao nascer do sol. Para Tomás, àquela hora, com o sol já longe, a vegetação toda transmitia um pouco de tristeza, fazendo-o sentir-se num outro mundo, como se atrás de cada folhagem pudesse estar escondido um espião amigo do tal Gunnard.

Assim que entrou na sala, Gouveia ligou para João César e, enquanto esperavam sua chegada, a história da mochila foi repassada, em seus mínimos detalhes; às vezes o promotor perguntava sobre pontos já abordados e o jovem era obrigado a voltar no tempo, repetindo suas lembranças – procurava conferir se o que lhe estava sendo contado era mesmo verdade, atitude semelhante à de seu Mário.

*****

Seu Mário encontrou dona Célia bem, já tendo superado o “assalto” ao barraco – a violência faz parte do cotidiano das favelas – e não teve por que não acreditar que Tomás seguira para o aeroporto com Válter e Noel.

Sobre o fato de ficar sozinha ali, sua solução foi prática: “Sou daqui, amigo, pro bom e pro pior. Vou pedir um dos cachorros da comadre Odete emprestado e o bichinho vai dormir aqui na sala; se pintar alguma coisa, ele faz a zoeira e aí o povo me acode. Vá tranquilo que não tô nem preocupada... vou pedir o cachorrinho qui é pr’ocê ficar calmo, viu?”.

Ele acabou de contar isso para Noel quando o telefone tilintou: era Sônia, dando notícias; anotou o número da amiga e combinaram que ela ligaria pela manhã e à noite para seu pai.

— Noel, segure aí até Válter chegar. Vou dar um giro e arrumar nossas camas no alojamento.

Tudo sob controle, vestiu seu uniforme da Manutenção e saiu.

O andar de seu Mário era muito especial, levava seu 1,70m com calma, passadas firmes, porém pequenas, corpo retinho, sempre dando a impressão de estar num ambiente solene, salvo por colocar uma das mãos no bolso e caminhar com a cabeça cadenciando a marcha, para um lado e para o outro, observando tudo ao redor.

Quem o visse poderia supor que ele não fosse capaz de andar mais depressa do que aquilo; era sempre "direita, esquerda, direita, esquerda", velocidade baixa, mas determinado a ir em frente.

*****

Gouveia passou todas as informações para João César antes de ele falar com Tomás e, quando o fez, o jovem, interessadíssimo em colaborar, repetiu o que dissera ao promotor.

Com tudo completamente esclarecido, abriram a mochila, e seu conteúdo foi examinado mais uma vez — o jovem já estava começando até a decorar o que havia ali.

Não comentaram as conclusões a que chegaram, não acharam necessário que o rapaz soubesse o que estavam pensando.

*****

Resolver o problema do alojamento foi fácil, seu Mário era benquisto pelos seus colegas.

Aí ele resolveu "bisbilhotar" por sua conta e saiu para tentar um dedo de prosa com qualquer dos "hóspedes do aeroporto".

Em todos os grandes aeroportos do mundo existem pessoas que praticamente moram ali, sem trabalhar; são solitários, sem ninguém neste mundo, pobres, sem casa e sem renda, que não têm o que fazer na vida, mas com um certo "estilo", o que as fazia se parecerem com os passageiros ou com pinta de aposentados, modestos e respeitáveis.

Sobrevivem com a ajuda de funcionários de bares, lanchonetes, restaurantes ou até dos comissários (os responsáveis pela preparação e fornecimento dos alimentos e bebidas servidos aos passageiros nos aviões); vestem-se com o que ganham ou encontram esquecido nas poltronas e banheiros (e é até difícil imaginar o que é deixado ou perdido nos aeroportos); a maioria desses "achados" é vendida, o resto é utilizado pelos "hóspedes".

Personagens inofensivas, tão somente sobrevivem com o conforto dos banheiros sofisticados dos aeroportos.

Quem trabalha num aeroporto de grande porte conhece tais "hóspedes" e, entre o escândalo de tentar prendê-los diante dos passageiros e a tolerância de ignorá-los, sempre se adota essa última alternativa quando o número deles é discreto e eles não tumultuam o ambiente.

Seu Mário sabia que ninguém conhecia melhor aquele aeroporto do que seus "hóspedes" e tinha ciência de cinco dessas figuras por ali: dois no Doméstico A, dois no B e um no Internacional — a divisão em setores é lugar-comum nos aeroportos e, do mesmo modo que em outras partes do mundo, os "hóspedes" delimitavam entre si o "território" de cada um.

Pois bem, ele iria procurar conversar com um deles, claro que na base do "sem compromisso".

E lá foi seu Mário. Direita, esquerda, direita, esquerda.

*****

João César levou Tomás para jantar e retornou sozinho para sua sala, de onde realizou vários telefonemas — estava montando uma operação de emergência, uma vez que, em casos como aquele, os criminosos sem aquela papelada não demorariam a "bater asas", virariam *go shows*, passageiros que se apresentam no balcão sem ter feito reserva de lugar...

O promotor acompanhou tudo, aprovando silenciosamente cada providência do amigo.

— Bem, as engrenagens estão entrando em movimento — disse coisa de meia hora depois, ao pousar o fone no aparelho. — Você sabe que só temos um trunfo...

— Usar o rapaz como isca!

— Exato! É arriscado, ele é menor e nós dois sabemos que, se algo der errado, vou comer fogo.

— Vamos, companheiro, estamos juntos nisso, não se esqueça — solidarizou-se Gouveia. — Existem pessoas que não hesitarão em nos queimar na fogueira por envolvermos um menor de idade nessa parada. Mas estamos diante de um caso que foge a qualquer padrão.

— É verdade! Se não os pegarmos logo, eles podem sumir e o crime ganhará mais essa.

— João César, em certos momentos, temos que agir somente limitados por nossa própria consciência.

— Concordo, Gouveia. Mas isso deixa um gosto amargo na boca, afinal estamos decidindo como pequenos deuses, acima do bem e do mal.

— Proteger a sociedade é barra, meu amigo! Se perdermos esses bandidos, deixamos a sociedade exposta às consequências do que vierem a fazer... Se usarmos o Tomás como isca, protegemos a sociedade e colocamos um jovem em perigo — considerou Gouveia. — Vamos comer fogo de qualquer modo.

— Sim, claro, vamos comer fogo. Ocorre que...

— Para prender o gringo, só se ele estiver com a mochila nas mãos.

— Sem isso, só temos a palavra do menino contra o estrangeiro, que provavelmente deve ter alguma posição no país dele, no mínimo uma boa rede de "amigos influentes", gente acima de "qualquer suspeita"...

— E aí, qualquer advogadozinho pilantra solta o miserável em menos de quinze minutos.

— E poderemos até acabar com o Tomás sendo acusado de roubo...

— E não é!? Pobre, salário mínimo, suas chances não são boas.

— Esse rapaz é confiável?

Gouveia contou como o conhecera, fato que o levava a achar que seria, pois Mestre Borba não o enrolaria com qualquer "borra-botas".

João César sugeriu que comessem alguma coisa enquanto aguardavam as primeiras respostas às suas ligações e foi providenciar um lanche.

*****

Seu Mário ia mais devagar do que de costume; entrou em todos os banheiros masculinos como se estivesse inspecionando as instalações. No Setor Internacional o movimento estava se iniciando, ainda era médio, mas nem de longe viu a figura da "Baronesa"; no Doméstico B, "Dr. Nicolau" e "Chefe" ou haviam se escondido muito bem ou não estavam por ali; mas foi entrar no Doméstico A que viu "Sr. Ministro" examinando as poltronas e coletores de lixo, sem dar a perceber o que fazia.

— Como vai indo, "Sr. Ministro"? — disse, ao chegar por trás dele, com voz respeitosa, como convinha no tratamento de abordagem com os "hóspedes", todos muito suscetíveis e ciosos de uma certa dose de dignidade.

— Os tempos estão difíceis, meu amigo. — "Sr. Ministro" era solene e não deixou transparecer o susto que seu Mário lhe pregara. — Não sei o que se pode esperar dessa globalização. Outro dia li num jornal que ela não passava da associação da raposa com o galinheiro e nessa relação nós somos o galinheiro... Parece que ninguém da cúpula está se entendendo.

— O senhor aceitaria um cafezinho?

— Ora, ora, caro senhor! É muita gentileza da sua parte e um cafezinho com creme vem bem a calhar.

E lá se foram para o café, dois conhecidos conversando sobre banalidades econômicas, seu Mário concordando com tudo, a melhor opção para quem não entendia nada sobre o que "Sr. Ministro" falava.

— Um cigarrinho viria maravilhosamente bem depois desse café dos deuses — comentou "Sr. Ministro" —, pena que não trouxe minha carteira comigo...

Não seria por isso que o papo morreria ali e seu Mário, que não suportava fumo, comprou um maço de cigarros para seu interlocutor.

Sentaram-se num conjunto de poltronas bem afastado, "Sr. Ministro" saboreando seu cigarrinho.

*****

Válter finalmente chegou, entregou seus pertences a Noel e este lhe contou os planos do pai.

E ficaram ali, trocando ideias a respeito daquilo tudo. Era a primeira oportunidade que tinham de conversar sobre as aventuras e desventuras de Tomás. Válter aproveitou para relatar a "fuga" do amigo pelo elevador de carga da cozinha.

— O professor da Sônia é poderoso, cara, mas poderoso de verdade — emendou Válter, reproduzindo a narrativa feita pela irmã.

Mal sabiam onde Tomás se encontrava naquele exato momento.

*****

"Sr. Ministro" achou que seu Mário estava muito tenso e, como quem não quer nada, começou uma conversa bem suave.

— Nunca o vi por aqui à noite, salvo quando temos temporais. E, ao que sei, não temos nenhuma emergência ocorrendo... ou teríamos?

— Olhe, não é bem uma emergência... mas estou um tanto preocupado.

— Para uma pessoa tão educada como o amigo, estar preocupado é uma emergência, permita-me dizê-lo.

— Bem, de certo modo, o senhor está certo. Só que a emergência é minha, sabe? É que meu emprego parece estar na corda bamba.

— Isso é uma emergência bastante emergente. E será que poderia ajudar o amigo em algo?

— É... o número de bagagens extraviadas tem aumentado... Não ficaria surpreso se alguém entendesse que não estou dando a manutenção adequada aos equipamentos de vigilância.

— Mas que rematada tolice, meu caro. O que está acontecendo é só um problema de chiclete!

Seu Mário não entendeu e, mais do que isso, surpreendeu-se. Teria "Sr. Ministro" pirado de vez?

— Preste atenção: se é uma câmara de TV em circuito fechado, que é o melhor equipamento que você tem aqui neste aeroporto, é só colocar uma boa massa de chiclete na objetiva que ela fica ceguinha e não registra nada... depois é só retirá-la e ninguém ficará sabendo o que aconteceu. Quando alguém reclamar da tal câmara, você vai lá para ver o que pifou e não encontra nada.

— Epa! Isso já aconteceu comigo!!!

— Claro que aconteceu. Mas vejamos outra hipótese: em se tratando de alarme com campainha metálica, basta colocar o chiclete na ponta da sineta, que o ruído se reduzirá a um pequeno zumbido... se tivermos um alarme eletrônico, basta desligar uma das pernas da fiação, isolá-la com o chiclete, tendo o cuidado de retirá-lo depois e deixar tudo nos trinques.

Seu Mário nunca pensara naquilo: chiclete!

— Os alarmes de vigilância aqui são do tempo de Santos Dumont. Esses equipamentos estão superados, podem ser neutralizados com facilidade. O chiclete é prático, não dá na vista e não obriga a pessoa a andar com fita isolante, alicate, canivete e outras ferramentas. Basta uma pequena chave de parafuso e pronto. Mas, se é isso que lhe dão para trabalhar, você tem que usar essas porqueiras, sem dispor de sensores de infravermelho, nem sensores de calor e muito menos feixes de raios *laser*.

Foi necessário firmar a boca para não ficar de queixo caído, seu Mário custava a crer que "Sr. Ministro" conhecesse tanto de truques e malandragens para burlar os equipamentos de segurança.

— Mas... — "Sr. Ministro" valorizava o suspense que sabia ter causado — você tem um recurso para melhorar a segurança aqui. Terá que bolar a vigilância da vigilância, o alarme do alarme — esperou um tempo para que suas palavras causassem o efeito desejado. — Como este aeroporto é muito pobre, você vai ter que vigiar a vigilância, entendeu?

Não, seu Mário não estava entendendo bem, pois aquilo que ouvira era tão simples que ele devia ter escutado mal e, pior, nem ele nem ninguém da Administração do aeroporto pensaram naquilo.

— Com a vigilância da vigilância, você vai descobrir quem está mexendo nos equipamentos e aí ficará sabendo onde deverá ocorrer mais um "extravio de bagagens" nas próximas horas... Você sabe, não dá para neutralizar os alarmes por muito tempo, daria na vista, não é mesmo?

Era surpresa sobre surpresa.

— Tendo um dos bandidos você chegará ao restante da quadrilha... Mas não se esqueça de um detalhe: prenda esse grupo e em breve aparecerá outro, com certeza mais esperto e ousado. Assim é a vida, meu amigo, a eterna luta entre o Bem e o Mal.

Não existia a menor dúvida, "Sr. Ministro" era um gênio.

Felizmente um gênio do Bem — avaliação de seu Mário, que agora entendia o porquê do apelido, muito bem merecido.

— Bem, vou indo que está na hora de um bom banho. É pena que tenhamos tão poucos chuveiros no aeroporto. Mas é assim também no resto do mundo, quem anda de avião não precisa tomar banho — e levantou-se com toda elegância. — Sou muito grato pelos cigarros e, como vi que o amigo não fuma, sua gentileza com este pobre velho foi maior ainda... Levarei o maço e me lembrarei desta nossa conversa pelo resto dos meus dias, tenha certeza disso. Quando quiser, apareça, estou sempre por aqui. A cidade lá fora anda muito confusa, parece que as pessoas perderam o rumo. Aprecio muito a paz aqui desse meu espaço... Se perdesse isso, acho que morreria em poucos dias, sabe?

E foi-se, depois de uma vênia maravilhosamente bem executada.

Seu Mário ficou ali, de pé, apreciando aquela retirada majestática. Em seguida sentou-se e ficou imerso em suas reflexões.

Aprendera um bocado com "Sr. Ministro", não só a respeito do seu problema profissional, mas, principalmente, tivera uma aula de vida... Tanta gente se achando importante, tantas pessoas olhando para "Sr. Ministro" como se fosse um lixo da sociedade, e ele esbanjando sabedoria, exibindo um raciocínio lógico refinado, sabendo ser simples no campo das coisas complexas, deixando o mundo passar ao seu lado, contentando-se apenas em viver, mesmo que à custa da simpatia de algumas pessoas, um ser humano sem laços afetivos, sozinho neste mundo, pois se bastava a si mesmo.

— Preciso contar isso tudo pros meninos!

Foi essa decisão que o arrancou da poltrona e levou-o de volta à sua salinha.

Direita, esquerda, direita, esquerda.

*****

7

Chega a hora, a dura "hora da verdade"

Mas voltemos a Tomás, exatamente na hora em que foi jantar.

Sua cabeça fervilhava com todos aqueles acontecimentos, estava sem o menor apetite, nem pensava em comida àquelas alturas.

Sabia que se aproximava a "hora da verdade", o exato momento em que tudo é para valer mesmo, não dá para brincar. E não tinha a menor dúvida de que serviria de "isca" para que pudessem pegar os dois estrangeiros, só ele os conhecia.

— Quem mandou quebrar as regras? — era a pergunta que se repetia e para a qual não tinha resposta.

João César deixara Gouveia na espera do retorno das ligações telefônicas que efetuara e o conduziu até uma cela, único local para dormir por ali.

— Cara, isso aqui não é hotel — preveniu o policial —, mas é sossegado e seguro.

Como toda cela, aquela possuía grades na janela e um portão de ferro, só que estava aberto; uma cama num lado e do outro uma mesa com cadeira.

— No final do corredor tem um banheiro à direita e a porta da esquerda dá para a copa. Se de noite cê quiser beber água ou um copo de leite, é por ali. Sua quentinha deve estar em cima da mesa da copa. Bom apetite e, se precisar de qualquer coisa, sabe onde fica minha sala. Vou estar lá com o Gouveia.

E se foi.

O jovem deu "uma checada" na cama; pelo menos os lençóis estavam limpos.

Sem nada melhor para fazer, foi até o banheiro e depois entrou na copa — de fato, em cima da mesa havia uma "quentinha", talheres e um copo; abriu a geladeira e encontrou vários refrigerantes e serviu-se de um guaraná.

Sem muita animação, abriu o recipiente e o cheirinho que invadiu o espaço era muito bom: bife à milanesa, purê de batata, arroz e feijão, uma boa combinação; comeu o bife todo e "ciscou" pelo prato. Vencida a refeição, jogou o resto no lixo e lavou os talheres e o copo.

Sem nada para fazer, inspecionou a copa: abriu a outra geladeira e encontrou várias caixas de leite, garrafas de água, algumas frutas. No armário de parede, louças e talheres, pó de café, açúcar e caixinhas de chá, tudo comum; um pote de biscoitos estava num canto.

Absorto em seus pensamentos ou (quem sabe?) no exame do local, só percebeu a presença de companhia quando um homem grandalhão já estava a seu lado.

— Boa noite, cara.

Não gostou do que viu: o rosto do homem parecia de pedra, olhos encravados profundamente, sobrancelhas grossas, um queixo quadrado lançado para a frente — e gostou menos ainda quando ele pegou o pote de biscoitos, uma caixa de leite e sentou-se numa das cadeiras, olhar fixo nele.

— Cê é testemunha de quê? — pergunta direta, num tom cavernoso.

— Testemunha? Sô não.

— Então comé que João César tá te tratando no filé? Cê é de menor, se tá aqui tem que ser testemunha, pô!

— Sô não, cara! Eu tô é numa confusão enorme... Meu padrinho sumiu e seu João me trouxe pra cá enquanto procuram por ele — tem momentos em que a mentira tem seu lugar e aquele era um desses, não lhe disseram para não confiar em ninguém nem dizer a razão de estar ali?

— Meu nome é Tamoio, sou Federal. Como cê se chama?

— Miguelzim e não sô ninguém.

— Olha aqui, se teu padrinho for traficante, mato ele. E mato cê também, tá sabendo?

E Tamoio esticou o papo, ora uma pergunta sem pé nem cabeça, ora um discurso contra os tóxicos; na opinião de Tomás o cara era "pinel", louquinho varrido mesmo. O mais curioso é que o rapaz foi vendo que ele não prestava atenção às suas respostas, podia dizer a maior bobagem do mundo que ele seguia sua fala; o jovem até respondeu "abobrinhas" duas ou três vezes, para conferir que não fazia a menor diferença para aquele federal.

— Bem, seu Tamoio, tá na hora de ir dormir — arriscou quando o homem fez uma pausa maior.

— Cê tá dormindo onde?

— Acho que é na sala do seu João.

— Esse João César é um camarada muito estranho...

— Também acho, mas tô por conta dele, né?

Levantou-se devagar, mesmo que desejasse sair dali voando.

— Boa noite, seu Tamoio — disse, já com a porta aberta.

Saiu com o máximo de naturalidade que conseguiu, porém, mal fechou a porta, em dois pulos estava entrando em sua cela, tirando apenas os sapatos antes de enfiar-se na cama e cobrir-se até a cabeça — não iria perturbar João César nem Gouveia por causa daquilo, mas que estava com medo, lá isso estava.

Pareceu-lhe ter ficado acordado uma hora (mas talvez só tenha demorado uns dez ou quinze minutos para dormir) até que seus olhos se fechassem — os jovens têm a bênção dos deuses do sono.

*****

Mas ainda naquela noite de domingo...

— Meus filhos, acabo de aprender coisas que não imaginaria — foi logo dizendo seu Mário ao entrar na sua sala.

Claro que Válter e Noel não entenderam nada, absolutamente nada.

— Quem acha que sabe muito, que não tem nada a aprender com as pessoas simples, tá perdendo a parte mais bonita de sua vida...

E relatou sua conversa com "Sr. Ministro" — como se fosse um grande contador de "causos", valorizou sua narração com a correta inflexão da voz (obviamente passou longe das partes mais comprometedoras dos acontecimentos, sem falar que ele estava envolvido na descoberta dos bandidos).

Tudo relatado, eles foram fazer um lanche e depois se dirigiram para o alojamento, já que no dia seguinte teriam o expediente normal pela frente e somente Deus poderia saber o que estava para acontecer.

*****

Na manhã de segunda, Tomás acordou às 5:45h e meia hora depois estava tomando café na sala de João César. Gouveia explicou que precisariam contar com ele para prender os estrangeiros e, se tivessem sorte, seus cúmplices.

— Sua participação não é legal, Tomás, você é menor de idade... mas, sem você, esse Gunnard vai sair daqui numa boa, livrinho da silva.

— Já saquei essa jogada, seu Gouveia. Tô firme nessa parada, é só dizer o que é pra fazer.

O rapaz sentiu sua barriga ir ficando geladinha, não tinha a menor vocação para o papel de herói. Mas existem certos momentos em que a pessoa precisa superar suas limitações para colaborar para uma vida melhor, e mandar bandido para a prisão era um desses momentos.

O telefone zumbiu o sinal de chamada, o agente atendeu de imediato, anotando algumas coisas e aí o aparelho disparou em chamadas que se sucediam, gerando outras anotações — foi assim por uns vinte minutos, até fazer uma pausa.

— Bem, já temos alguma coisa — informou o policial, organizando as várias folhas de seus registros.

— Gunnard é sueco, mas tem passaporte de Portugal, o qual pode ser falso;

— está no Brasil como secretário do presidente de uma empresa norueguesa;

— lá, nessa tal empresa, ele não é conhecido, pelo menos seu nome não consta da relação da portaria do edifício sede, o que é estranho;

— o Norge Bank não informou sobre roubo de ações ou títulos ao portador à INTERPOL, como deveria ter feito rotineiramente — isso nos permite supor, portanto, que os papéis que encontramos não são mais do que hábeis falsificações;

— Gunnard recebeu a visita de Pablo de Villalba y Orduñez, doleiro paraguaio com escritório em Foz do Iguaçu, no Paraná;

— o sueco veio com quatro "assistentes", todos hospedados no Praia Azul e ninguém tem ficha criminal;

— foram feitas várias ligações telefônicas do hotel para um orelhão na Zona Norte, aparelho localizado na subida de favela "barra pesada";

— ele recebeu ainda a visita de tipos estranhos, brasileiros com pinta de malandros — pelas aparências, ele pode estar recrutando gente para organizar uma quadrilha ou coisa assim;

— os cinco gringos marcaram regresso para amanhã à noite pela Deutsch, dois seguirão para as Ilhas Cayman e três para Miami — isso pode significar que estão cancelando o que pretendiam fazer aqui, perderam a esperança de recuperar a mochila, e;

— neste exato momento, eles se encontram no hotel e ainda não desceram para o café.

Pausa e silêncio, aquele "levantamento" apresentado por João César mexera com Gouveia, e Tomás sentia-se enredado na maior trama da vida, muito mais complicada que filme policial na televisão.

— Acho que só nos resta uma alternativa: agir com o máximo de rapidez possível — considerou Gouveia.

Ele e o agente federal olharam para Tomás e contaram-lhe o plano.

*****

Precisamente às 8:00h, Tomás estava ao telefone falando com a recepcionista do Praia Azul.

— Quero falar com Mr. Gunnard.

— !!!

— Claro que sei que é cedo, mas o interesse é dele, dona! Diga que é o Tomás — sentiu-se importante ao anunciar seu nome.

Desligou e esperou uns três minutos.

— Aqui é o Tomás!

— !? — era o tal intérprete.

— Olha aqui, meu. Diz aí pro seu Gunnard que tô a fim de devolver a mochila.

— !?!?!?

— Cara, vê se entende: tô a fim de devolver a mochila, sacô? Mas quero 500 dólar.

— !!!

— É, 500, chapinha. Sei que na mochila tem mais, mas num sô ladrão. Só quero 500 pratas. Ligo em 10 minutos — e desligou o telefone.

— Tomás, cê foi brilhante, cara!!! — cumprimentou Gouveia.

O rapaz não estava gostando de se passar por "trambiqueiro", mas, se aquele era o caminho para prender os bandidos, paciência — a vida cobra seus impostos...

*****

Seu Mário e os filhos foram tomar café no refeitório dos funcionários e dali cada um seguiu para seu local de trabalho.

Ele foi para a sala do superintendente da Manutenção — sabia que precisaria de muita habilidade para expor as ideias, uma vez que não poderia mencionar o seu verdadeiro autor e, mesmo sentindo-se constrangido em assumir a "paternidade de filho alheio", a única saída era dizer que elas eram suas.

Evidentemente estava tenso, pois estava para saber se seu chefe acreditava nele ou não. Da conversa com "Sr. Ministro" ficara-lhe a estranha sensação de que ninguém conhece ninguém nesta vida.

*****

— É o Tomás de novo!

— !!!

— O homem topa ou não topa, num me enrola, cara!

— !!!

— Legal. Então nos encontramos no Setor Internacional, 14:30h de hoje!

— !?!?

— Claro que é no aeroporto, ô meu... Tá me achando com cara de mané?

— !!!

— Fica frio que eu já tô aqui. Mas escute bem: se pintar alguém es-tra-nho an-tes da ho-ra, me mando e ninguém vai me achar e nem a mochila, sacou? Vou levar um tempão pra gastar aqueles dólares todos, mas cês nem vão saber onde...

— !!!

— É bom que seja assim, cês é que sabem. Num tô querendo aquela montoeira de dólar que num sô ladrão. Só quero uma gorjeta de 500 e pronto!

— !!!

— Olha lá, cara. 14h30 pelo relógio do aeroporto — e desligou.

Aquele horário fora escolhido porque não haveria embarque no Internacional entre 12h00 e 17h30; o aeroporto até desligava parte da iluminação dali nesse período, rotina que hoje seria quebrada, já que eles precisavam que aquele saguão estivesse bastante iluminado.

Evidentemente Gunnard não gostava de estar na dependência de um molecote, mas, por outro lado, aquele rapaz não passava de um bandidinho "pé de chinelo", despreparado, sem condições de montar uma armadilha com a polícia — aliás, o moleque devia ter pavor da polícia... Se sobrevivesse, um dia talvez fosse um bandido ralé, igualzinho àqueles que estava recrutando para montar o seu grupo.

Por todas essas considerações aceitara o encontro no aeroporto — mas tomaria todas as precauções possíveis e até providenciaria um "presentinho especial" para o pequeno vagabundo.

*****

— Mário, acho que cê descobriu o pulo do gato... mas isso não é assunto nosso, é da Segurança.

— Sim, eu sei. Acontece que acho que tem alguma coisa errada na Segurança — ponderou seu Mário. — Veja só: comé que eles, que são do ramo, não se tocaram pra isso? Chiclete é coisa que jamais passaria pelas nossas cabeças e só entrei nessa quando vi um garotinho pondo chicletes na boca da torneira da pia do lavatório... mas com eles a coisa é diferente, já deveriam ter considerado a possibilidade.

— Lá nisso cê num deixa de ter razão... Será mesmo que tem gente de lá metida nisso?

— Não posso afirmar nada, chefe. Por enquanto tô só estranhando — salvou seu Mário. — O senhor deve ter lá alguém de sua confiança, uma pessoa com a qual possa conversar com franqueza, sem receio de ofender.

— Bem, tenho — disse depois de pensar um pouco.

— Não me diga quem é, chefe! Converse com essa pessoa, levante essa ideia do chiclete, só não diga que fui eu quem lhe contou sobre a história do chiclete... Quanto mais estiver por fora disso, melhor pra mim, que posso continuar fuçando outras coisas. Acho que amanhã vou poder lhe dizer quando deveremos ter um desaparecimento maior de bagagens.

— Então cê tem uma fonte?

— Não se trata de fonte, não. É probabilidade, coisa de estatística.

— Cê entende mesmo disso?

— Eu não! Mas conheço quem entende. — Seu Mário também sabia pregar suas mentirinhas quando convenientes e necessárias.

Aquela situação estava deixando todo o mundo um tanto desorientado, era preciso pôr um fim naquilo — normalmente, o extravio de bagagens beirava 0,3% do volume total transportado, mas, ultimamente, esse número saltava para 0,5 ou até 1% em certos dias, um tremendo desastre que precisava ser recuperado rapidamente.

Enquanto aquilo fosse só do conhecimento dos envolvidos diretamente no problema — pessoal do aeroporto, das empresas aéreas e passageiros prejudicados —, o desconforto ainda poderia ser compensado com as indenizações... Mas na hora que alguém acionasse a Justiça, com o assunto ganhando as páginas dos jornais, aí "a vaca iria pro brejo", levando muita gente com ela.

*****

João César montou a operação "Gaiola Aérea", deixando Tomás sem saber de vários detalhes do plano — numa situação de emergência como aquela, quanto menos o rapaz soubesse, melhor para ele e para todos.

Gouveia pensava da mesma forma e a única coisa que disse para ele foi: "Não se preocupe, Tomás. Cê vai ter cobertura o tempo todo. Não vai dar pra ver ninguém, mas existirão muitas pessoas protegendo-o, inclusive eu e João César".

*****

Noel e Válter, firmes nos respectivos postos de trabalho, prosseguiam sem fazer a menor ideia do que estava acontecendo e nem do que viria pela frente e, muito menos, do papel que o amigo deles iria desempenhar.

Sônia, então, menos ainda: falara com o pai cedinho e acreditou no que ele lhe dissera: "Tá tudo calmo" (mentira), "Tomás ainda não apareceu por aqui" (verdade).

*****

Já a caminho do aeroporto, o jovem se lembrou da noite anterior.

— O que é que o agente Tamoio faz aqui?

— Tamoio? Não conheço nenhum agente Tamoio na Federal — foi a desconcertante resposta de João César.

— Bem, então falei com um fantasma. — O rapaz disfarçou sua surpresa e, na linha de "abrir o jogo", contou sobre o que se passara na copa na noite anterior.

Concluída a narração, Gouveia e João César se entreolharam.

— Cê seria capaz de reconhecê-lo?

— Moleza, não vou esquecer aquele rosto tão cedo.

— Muito bom, veremos isso depois, agora fique concentrado no plano — atalhou Gouveia. O jovem não poderia se distrair com nada, pois tudo dependeria de sua atuação.

— 'xá comigo, sei tudinho o que é pra fazer...

*****

Desceram do carro no estacionamento de serviço, bem distante do Setor Internacional. Eram 12h45.

— Aproveite e vá ao banheiro, Tomás; daqui pra frente, se estiver com vontade de fazer alguma necessidade, vai ter que ser lá na poltrona. Levantar dali, nem pensar, meu caro — aquela informação de João César esclareceu por que lhe dissera para não beber nenhum líquido depois das 11h00.

Portanto, não perdeu tempo e entrou no primeiro sanitário que viu.

Os três seguiram até o saguão do Setor Internacional e, uma vez ali, bem lá no canto esquerdo, o rapaz saiu do elevador como se não conhecesse seus dois amigos, carregando apenas a chave do guarda-volumes e um sanduíche de queijo que teria que comer a seco. João César passou por ele e foi até um conjunto de poltronas, onde parou para amarrar o sapato — era o sinal de onde Tomás deveria ficar: quase colado ao balcão de atendimento, bem no fundo e à esquerda.

Ele veio devagar, o agente saiu dali e o rapaz sentou-se confortavelmente. Gouveia veio logo depois e parou próximo, olhando o quadro indicador de voos, como se o estivesse consultando.

— Sente-se ao lado do cinzeiro — falou baixinho, para só o jovem ouvir. Ali fora instalado um microfone, o que não lhe fora informado; em seguida dirigiu-se ao balcão, onde foi atendido por uma recepcionista.

Tomás desligou-se dos dois e concentrou-se naquela "armação": deu uma passada de olhos pelo saguão, tudo tranquilo, movimento supernormal — duas faxineiras limpavam

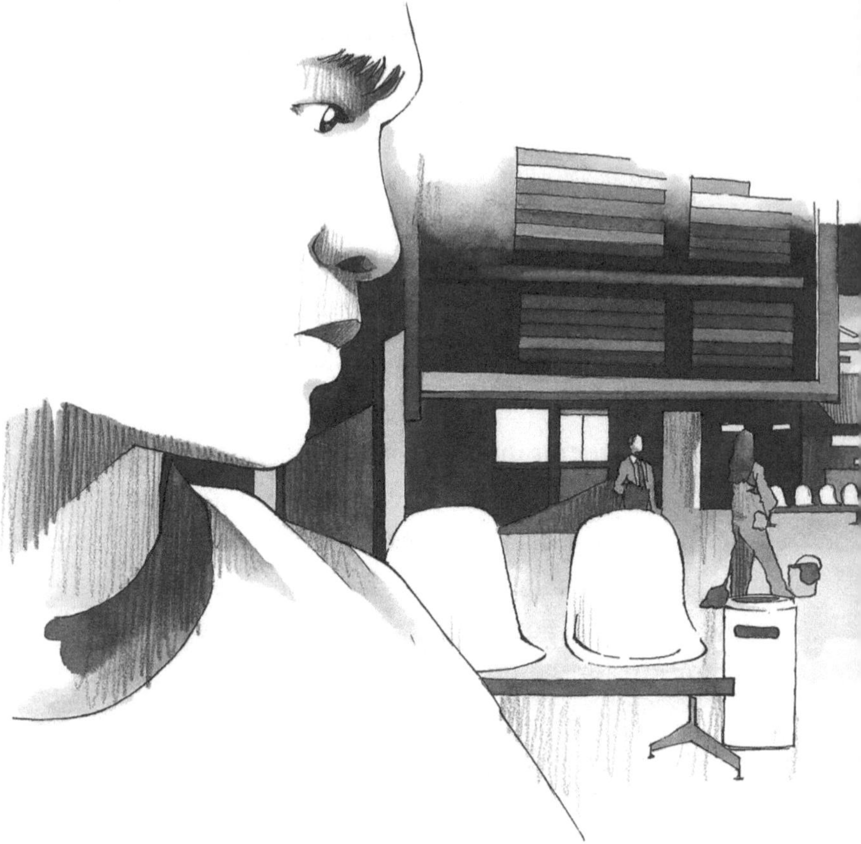

o piso morosamente, vindo lá pela sua direita — deveriam ser novatas, pois ele não as conhecia; dois eletricistas reparavam o painel luminoso da American Air, igualmente gente nova; nos balcões, poucas recepcionistas, o que era normal naquele horário, um funcionário aqui, outro ali, nada que pudesse levantar suspeitas e ele até achou que os demais agentes ainda não haviam chegado.

Gouveia retornou, sentando-se no outro extremo do conjunto, abrindo um jornal.

— Nós estaremos por perto, mas não tente nos localizar. Permaneça sentado aqui, naturalmente. Chegamos bem cedo para que o pessoal que o estará protegendo possa vê-lo e acostumar-se com sua presença. Cê tá indo muito bem, continue sem olhar pra mim. Se houver necessidade, um de nós vai vir ler o jornal aqui, certo? O guarda-volumes é aquele da direita — prosseguiu com as últimas recomendações. — Lembre-se, quando eles chegarem, peça os 500 antes de entregar a chave. Seja bastante mercenário — será que o rapaz sabia o que era mercenário?

— Tudo em cima, chefia — foi a resposta entre dentes, sem abrir a boca nem virar a cabeça.

— Ótimo! Quando você vir o Gunnard ou o Willem, fique de pé e acene para eles, mas sem muita agitação. Um aceno simples.

— 'xá comigo!

— Fale pouco, mas fale com calma... e boa sorte, cara!

*****

— Mário, falei com meu amigo. Ele acha que existem razões para estar desconfiado, ele também está com a pulga atrás da orelha.

"Graças a Deus!", pensou seu Mário, que detestava o papel de acusador sem ter as provas para mostrar.

— Ele vai providenciar os vigias e, se você puder nos dar uma pista sobre o dia provável da próxima desova, aí tudo ficará mais fácil, não vai ter erro.

— Se Deus quiser, amanhã o senhor vai saber — se Deus quiser e "Sr. Ministro" me ajudar, pensou lá consigo.

*****

O grande relógio do saguão marcava 14h26 quando Tomás viu o intérprete chegar, vindo do Doméstico B, ainda um pouco distante.

Aguentou firme para ver se Gunnard aparecia.

No saguão, tudo continuava normal: faxineiras, eletricistas, recepcionistas e funcionários nos balcões, o aeroporto vivia sua rotina, indiferente ao resto do mundo, sem tomar conhecimento do drama que ali se sucedia.

"Pintou" Gunnard lá na porta da frente: entrou e parou, Willem continuava sua aproximação, bem devagar, olhando em volta, conferindo se tudo estava em ordem.

O rapaz entendeu que era a hora, levantou-se e acenou para o intérprete primeiro e depois para Gunnard.

Tomás experimentou uma certa satisfação, aquilo tudo estava quase terminando, nem sequer lhe passou pela cabeça que o destino o enredara em suas malhas e, por conseguinte, dali para a frente, tudo poderia acontecer, independentemente da sua vontade.

*****

— Atenção! As moscas estão chegando — senha anunciada por João César, falando baixinho no rádio, agachado por detrás de um balcão, ao lado de Gouveia, ambos bem na retaguarda de Tomás, cada qual olhando a área do conjunto de poltronas através de buraquinhos estrategicamente dispostos.

— Afirmativo! Gordo vindo do B e louro na porta de vidro — confirmação da equipe.

Aquelas mensagens significavam que trinta pares de olhos estavam concentrados na área, mobilização máxima, a hora nervosa de operações como aquela.

A caminhada de Willem estava sendo seguida, passo a passo, sem que Gunnard fosse esquecido do outro lado.

Ele parou a coisa de três metros do jovem.

— *Y ahora, o que tienes para nosotros?*

— Tenho a mochila com tudo que tá lá dentro. Mande seu Gunnard chegar que quero me ver livre dessa porqueira.

— *Yo estoy acá...*

— Corta essa, ô meu! É com ele aqui ou fim de papo — falou devagar como fora orientado.

O homem olhou ao redor mais uma vez, meticulosamente, avaliando a presença de cada pessoa que se encontrava no saguão. Considerando tudo tranquilo, passou a mão na cabeça, olhando para seu comparsa, seguramente o código de "tudo bem, pode vir", pois Gunnard se movimentou devagar em direção a eles.

*****

— Moscas chegando mais — mensagem lacônica, mas suficiente para que todos os policiais entendessem que se aproximava a hora da ação.

*****

Gunnard parou ao lado de Willem, sussurrando algo em seu ouvido, providência idiota, já que poderia falar o que quisesse que o jovem não compreenderia absolutamente nada.

— *Dónde se queda la mochila?*

— Calminha aí, moço. Primeiro quero meus 500, depois eu digo.

Novas confabulações da dupla.

— OK! *Tiene acá su diñero* — e Willem avançou a mão com cinco notas de $100 dólares.

Mas, quando Tomás foi pegá-las, ele retirou a mão.

— Pombas! Me dá os $500,00 e eu digo onde a mochila tá. Um de vocês vai pegar e o outro fica comigo. Qualé, meu? Tá a fim de melar tudo? Ou vai ser assim ou eu começo a gritar aqui mesmo. Vê se saca o que tem na mochila, eu tô devolvendo tudo, ô mané!

Nova fala dos estrangeiros; desta feita as cinco notas foram parar nas mãos do rapaz.

— Aqui tá a chave do guarda-volumes, é aquele ali à direita. A mochila tá nesse armário.

Willem passou a bendita chave para Gunnard, que novamente conferiu o ambiente em volta, dando-se por satisfeito, pois tudo continuava calmo como antes.

Dirigiu-se para o armário de bagagens, observado por todos os olhares dos policiais ali postados, agora mais os de Willem e Tomás.

De relance o rapaz viu um ceguinho que vinha do Doméstico B, bengala ressoando no silêncio do saguão aquele "toc-toc" monótono.

*****

— Cego pela direita — João César recebeu a mensagem pelo rádio, de onde estava não podia ver o saguão todo.

— Um anjo da guarda pra ele — comandou.

*****

Uma das faxineiras mudou o rumo da sua "esfregação" do piso e foi na direção do ceguinho por detrás dele, aproximando-se sem ser vista, tudo normalíssimo.

Tomás viu quando Gunnard abriu a porta do armário e puxou a mochila, abrindo-a ainda na prateleira para examinar seu conteúdo, procedimento comum. Pareceu satisfeito porque fechou-a com calma e fez um sinal de "positivo" muito discreto para seu comparsa.

O intérprete sorriu o sorriso dos vencedores e foi se afastando de costas, olhos fixos no rapaz, um sorriso idiota pregado em seu rosto.

— *Adios, muchacho. Hasta siempre!* — despediu-se do rapaz, que se levantou da poltrona.

Foi aí que tudo aconteceu ao mesmo tempo, embora Tomás tivesse a nítida sensação de estar num filme em câmara lenta, cada cena demorando uma eternidade:

— dois homens saíram do sanitário ao lado do guarda-volumes, caindo sobre o surpreso Gunnard;

– o ceguinho deu um salto na direção de Tomás, que só viu o revólver em sua mão quando ele o apontara para ele a 5m mais ou menos;

– a faxineira que estava por trás do ceguinho, como se estivesse executando um passo de dança muito especial, saltou junto, iniciando o giro de sua vassoura em direção à cabeça dele;

– do balcão à retaguarda, quatro homens surgiram do nada e se lançaram sobre Willem, completamente paralisado por tudo aquilo; e

– do outro lado, mais quatro homens entraram correndo pela porta de vidro.

A vassourada "explodiu" na cabeça do ceguinho uma fração de segundo antes de este pressionar o gatilho, mas o "plop-plop" anunciou que ele fizera dois disparos.

Tomás sentiu um monstruoso beliscão no ombro esquerdo e foi atirado para trás com violência, mas ainda viu a cabeça do atirador mergulhar para a frente por conta da pancada.

Ele desabou na poltrona, bateu de mau jeito e rolou para a frente, estatelando-se no chão.

*****

O jovem acordou num quarto azul-claro, coberto por um lençol da mesma cor, sua visão estava um tanto embaçada.

– Meu Deus!!! Morri! – murmurou baixinho, antes de tentar levantar-se; mas foi fazer esforço e lá veio uma tremenda dor no ombro esquerdo, arrancando-lhe um gemido bem sonoro.

— Ora, nosso herói tá vivo! — escutou a alegre exclamação de Gouveia antes de desmaiar de novo.

*****

Ainda segunda-feira no aeroporto, 19h15.

Seu Mário já ia desistindo de procurar "Sr. Ministro", quando viu aquela figura inconfundível vindo do Setor Internacional, o caminhar nobre de sempre, olhar "radiografando" todos os cantos e recantos do seu trajeto.

Foi na sua direção com passos lentos, direita, esquerda, direita, esquerda, quando o "hóspede" dobrou suavemente à esquerda, para o lado da calçada externa, desaparecendo das vistas de seu Mário por conta de uma reentrância na parede. Isso o fez acelerar sua caminhada.

Mas eis que ele reaparece, agora com um casacão dobrado no braço.

O encontro foi inevitável.

— Boa noite, "Sr. Ministro".

— Ora se não é o meu caro amigo!

— Aceita aquele nosso cafezinho?

— Excelente ideia. Acho até que o prezado lê meus pensamentos... Meu amigo deve ser meio bruxo, pois vinha pensando exatamente nisso. Mas, sozinho e até sentindo um pouco de calor, não mantive meu ânimo por muito tempo. Bem, o casaco já tirei e a agradável companhia, os céus ma deram agora. Então, um cafezinho com creme fica imperdível e irrecusável.

A bem da verdade, "Sr. Ministro" deveria entregar aquele casaco no "Achados e Perdidos" e, não o fazendo, cometia um furto... mas não seria seu Mário que iria lembrá-lo daquilo agora, precisava do seu auxílio, era uma questão de prioridade.

*****

No hospital, Gouveia e João César comemoravam com Tomás a prisão de todos os bandidos: os já conhecidos, dois que estavam num carro do lado de fora do aeroporto e três que foram presos no Praia Azul — o bando já recrutara alguns brasileiros para suas fileiras, razão pela qual uma discretíssima equipe ficou montando vigilância no hotel para "grampear" os que por lá aparecessem.

— Tomás, cê nos prestou um grande serviço, cara. Nota 10!

— Seu braço estará em forma em três ou quatro semanas, foi só de raspão...

— Sorte minha que o cara que atirou era cego! — E todos riram pelo bom humor do jovem.

— Eles tavam a fim de apagar você pra valer. O cego veio de silenciador e tudo! — Estava explicado o "plop-plop", Tomás já vira aquilo na televisão.

— Ah! outra boa notícia: lembra-se disso aqui? — E João César levantou a velha mochila dele. — Tava lá no hotel.

— E minha tia, sabem dela?

— Ela tá bem, não aconteceu nada por lá. Já foi avisada que você irá pra casa amanhã, depois a gente combina isso.

— Agora só falta você identificar o tal de Tamoio...

— Moleza pra mim... Olha, seu rosto...

*****

— Bem, meu prezado, de acordo com essas datas que você me mostrou, as bagagens desaparecem em maior volume quando chegam juntos os voos do Japão, do Canadá, da Califórnia e do Panamá...

— Epa! Como é que o senhor descobriu isso?

— Olhe, está aqui na sua relação, esses voos estão registrados na coluna "Procedência". Sei que eles não chegam juntos todos os dias. Agora, vamos nos colocar no lugar dos ladrões, membros de uma quadrilha pequena; não compensa levar pouca coisa, mas, quando chegam esses voos, com certeza as bagagens são mais valiosas... Além do natural tumulto ocasionado pelo desembarque de quase 1.600 passageiros, praticamente na mesma hora, concorda?

— Bem, o senhor tá com a razão. É gente demais, a área da Alfândega fica cuspindo passageiro pelas portas.

— Sim, é muita gente ao mesmo tempo, gente cansada, mal-humorada, reclamando de tudo, muito acima da capacidade do atendimento, o que facilita o desvio de bagagens. E isso também nos fornece outro detalhe deste quebra-cabeça: essa quadrilha deve ser pequena, não tem muita agilidade para dar destino ao que desvia: assim, eles primeiro colocam os objetos roubados no mercado e só depois partem para nova operação.

— É uma quadrilha pequena, mas bem organizada... o que complica a sua descoberta.

— Que bom que estamos de acordo! Agora preste atenção: na próxima quarta-feira estes voos pousarão aqui entre 5:55 e 8:15h, se não me falha a memória... No seu lugar, eu ficaria muito atento na madrugada de quarta.

— Bem, já montamos a vigilância da vigilância — confidenciou seu Mário.

— Melhor ainda. Arriscaria um palpite: para agirem nesta quarta, o homem do chiclete deve entrar em ação entre 5h00 e 5h45, com preferência para a área de manuseio de bagagens, mas sem esquecer de acompanhar as pranchas que são descarregadas dos aviões. Mas deixe tudo preparado que o chiclete será o "cartão de visitas" dos nossos amigos — e levantou-se. — Bem, se o amigo está satisfeito com essas minhas formulações hipotéticas, permita-me ir para o meu banho. Como são pouquíssimos os banheiros aqui, temos que respeitar um certo horário para não termos que tomar banho de madrugada. Não repare, mas sou humano e, entre as minhas fraquezas e concessões, dormir com cheiro bom é uma das principais.

— O senhor tem classe, "Sr. Ministro".

— Grato, meu amigo. Tive berço, antes que dona Vida se aborrecesse comigo. Mais uma vez, grato pelo café, pelos cigarros e pela atenção de perder seu tempo proseando com este pobre velho. Passar bem.

E assim saiu "Sr. Ministro", com a elegância reforçada pelo novo casacão.

*****

Na terça, bem cedinho, Gouveia procurou seu Mário pessoalmente e, depois de identificar-se, deu-lhe notícias de Tomás, informando-o de que ele poderia voltar para sua casa, uma vez que tudo terminara.

— É muito bom saber que tá tudo bem com o Tomás. Mas ainda tenho uns probleminhas para resolver aqui, de modo que prefiro continuar neste esquema, assim não levanto desconfianças em meus filhos, sabe?

— Alguma coisa que possamos ajudar, seu Mário?

— Não, não! Coisas da casa, nossa rotina de oferecer conforto e segurança pros passageiros. — Seu Mário coçou a cabeça, queria saber uma coisa, que seria muito importante para ele. — Será que eu poderia falar com Tomás?

— Mas claro! — Aquilo facilitava as coisas. — Levo o senhor onde ele está agorinha mesmo.

— Não atrapalharia esperar dois minutinhos? É que preciso falar com meu chefe.

*****

No caminho, Gouveia informou-o de que Tomás sofrera um pequeno acidente durante a operação, assunto que não deveria chegar ao conhecimento de sua tia, para quem seria contada outra versão, pois não havia necessidade de preocupá-la com aquilo.

Seu Mário surpreendeu-se de não ter percebido o menor sinal da confusão que deveria ter acontecido, porém, "macaco velho", não comentou absolutamente nada.

O encontro com seu jovem amigo no hospital foi bastante alegre, Tomás estava ótimo.

— Tomás, onde é que fica a tal passagem da cerca? — perguntou-lhe assim que o promotor foi ao banheiro. Aquilo era assunto do "seu" aeroporto, não queria ver a Federal no seu território. Nem mesmo o agente Cláudio fora informado.

Tomás explicou a seu Mário onde era o local exato e como ele poderia chegar lá. Logo em seguida Gouveia retornou e eles continuaram o papo.

Ali mesmo, com a presença de seu Mário, combinaram que alguém do Ministério Público, provavelmente uma assistente social dizendo-se do aeroporto, iria ter com dona Célia naquela noite, para informá-la de que Tomás voltaria no dia seguinte para casa e que fora vítima de um acidente, ao salvar uma menininha de ser atropelada por uma Kombi na frente do aeroporto.

*****

De volta ao aeroporto, seu Mário, que passara todas as "dicas" do "Sr. Ministro" ao superintendente, foi conferir os equipamentos de vigilância, na maior "moita" — encontrou tudo funcionando e nos devidos lugares.

Mesmo assim, não conseguiu dormir, ansioso pela madrugada de quarta.

E tinha razões de sobra para tanto, pois, depois do café matinal daquela quarta-feira, foi chamado pelo superintendente: um funcionário da Segurança fora visto pela "vigilância da vigilância" colocando chicletes na câmara de televisão que cobria a área de distribuição de bagagens desembarcadas, exatamente às 5h05.

— Quer dizer que a coisa já está acontecendo? — observação de seu Mário depois de consultar seu relógio.

— É isso que espero que esteja ocorrendo. A Segurança já sabe de quem se trata e o camarada está sendo campanado a distância. Tá tudo se passando como cê disse, Mário.

— Às vezes a sorte ajuda, chefe.

— Conte outra, Mário. Mas, se não quer falar, tudo bem. Agora vamos nos preparar pro flagrante de logo mais. Acho que, se estivermos no local lá pelas 16h00, tá bom.

— Aquele local que falei pro senhor, era mesmo o de passagem?

— Não deu outra, Mário: eles cortaram a cerca bem no chão e prenderam a danada com grampos... Nem cão de caça acharia aquilo. Bem, já tem gente cobrindo a estradinha desde o início até a saída. Vamos dar um passeio por lá pra ver como está?

*****

Naquela tarde, Tomás chegou em casa num "táxi bem derrubado" — providência de João César para não levantar curiosidades — e, para sua surpresa e alegria, sua tia estava ali, esperando por ele.

— Já soube do seu acidente, meu filho, mas meus santos protegeram você — sua primeira frase ao abraçar o sobrinho.

"Taí, por certo os santos deram sua mãozinha para mirar aquela vassoura", foi o que pensou, sem dizer nada.

Existem "mentiras" e "mentiras", umas são até necessárias, como aquela pregada para dona Célia — para que assustá-la, contando a verdadeira história?

*****

Enquanto Tomás se reintegrava à casa, devidamente paparicado pela tia, lá no aeroporto a operação "pega-mala" já estava preparada, tudo e todos estavam a postos.

Portanto, pouco depois da escuridão se assenhorear dos espaços, quem estivesse na varanda vendo os aviões talvez tivesse percebido que muitas luzes foram acesas lá longe... Poderia ver aqueles pequenos clarões rompendo a força da noite, mas não conseguiria distinguir a prisão de

Zelão, Macaco e seus amigos nem veria o monte de "bagagens extraviadas" que foram recuperadas na beira da cerca.

Seu Mário estava no jipe da Manutenção acompanhando o chefe e levando uma equipe que, logo que tudo acabasse, iria recuperar aquele pedaço de cerca.

*****

Assim são os grandes aeroportos, onde muito do que acontece não é percebido nem pelos que ali trabalham. Quanto mais pelos passageiros.

*****

Embora Tomás soubesse da "invencionice do seu acidente", quando sua tia voltou a falar sobre ele, rapidamente cortou o assunto.

— Tia, a senhora sabe que não sou de agito. Este acidente não foi agradável, não existe acidente agradável... Por isso, não se zangue comigo, mas não quero falar sobre isso, vamos passar a borracha nesse troço, certo?

"Que bom coração tem esse menino!", pensou dona Célia, os olhos marejados de lágrimas, puras lágrimas de gente simples. "Salva a vida de uma menininha, é arrastado pela Kombi, quase morre e não quer falar disso... esse é o meu Tomás!!!"

*****

Epílogo

Um pequeno grande lucro e mais um susto para encerrar

O "agente Tamoio" foi identificado tão logo Tomás o descrevera ainda no hospital e João César entendeu que não seria necessário proceder a um reconhecimento pessoal.

De fato, tratava-se de um agente da Polícia Federal. Mas estava reduzido a um farrapo humano, um homem derrubado pelas drogas e que, para sua própria proteção para seu posterior tratamento, fora colocado naquela agência enquanto fazia os exames médicos preliminares — sua presença ali era apenas uma "camuflagem burocrática".

— Ele não pode sair daqui e acho mesmo que ele não quer sair — explicava João César para um atento Gouveia —, é como se fosse um preso. Ele foi sequestrado na fronteira com a Colômbia e os traficantes maltrataram o coitado além da mais perversa imaginação durante mais de seis meses... Injetaram tudo que foi droga nele e Misael, este é seu nome, só não morreu porque Deus não quis.

— É uma barra, cara.

— Se é, Gouveia... Ele tem família, mulher e um filho, chora de saudades deles, mas não quer vê-los enquanto estiver assim, meio pancada. Às vezes, entra numa boa, fala normalmente e diz que preferiria ter morrido de arma na mão a passar o que passou; mas esses momentos de lucidez são poucos. Na maior parte do tempo fica investigando coisas absurdas, tipo "quem comeu os biscoitos do pote" ou "quem está colocando veneno no leite" e por aí!

— É, a vida de policial não é fácil...

— Pode apostar nisso. A quase totalidade dos agentes entra na carreira com as melhores intenções, quer ser um policial honesto, dedicar-se à proteção da sociedade... Acontece que o convívio diário com a violência vai embrutecendo alguns; a impunidade dos criminosos "caixa alta" vai minando os ideais de outros; a certeza de que o crime organizado é comandado por pessoas da elite, acobertadas por políticos, juízes, jornalistas, médicos, por outros policiais e sabe-se mais lá por quem, corrói a força de vontade, balança a autoestima, aí, junte a isso os baixos salários, a falta de meios para combater a criminalidade e uma legislação às vezes injusta, e você vai colher como produto final um elemento que praticamente não tem outra opção, salvo virar bandido também.

— É, os psicologicamente mais fracos tombam por causa desse conjunto adverso. Já vi isso acontecer várias vezes, João. Em certos casos me sinto como um carrasco ao acusar um policial, percebo que ele entrou na roubada por falta de alguém que segurasse suas pontas na hora em que começou sua queda... mas fazer o quê? Não se pode fugir da lei.

— Entendo o seu lado, Gouveia. O erro tá na legislação que os políticos elaboram, algumas vezes com a clara intenção de dar cobertura a criminosos. Incrível como isso possa acontecer...

— Não é tão incrível assim, não. Você não tem visto quanta gente graúda tá envolvida em mil esquemas de corrupção? Juízes, advogados, políticos de todos os níveis...

— E quando tudo funciona direitinho, o julgamento dos bandidos leva um tempão, quando acontece a população até nem se lembra mais do que aconteceu.

— Com certeza, com certeza! O Judiciário é lento, culpa da legislação existente.

— Só tenho esperança que isso tudo melhore quando os jovens que hoje estão nas salas de aula assumirem seus postos de trabalho na sociedade.

— Concordo com você, amigo. Temos que fazer o nosso melhor possível agora para que esses jovens possam corrigir, em melhores condições, as falhas sociais que lhes deixaremos como herança.

— Herança maldita!

— Sem dúvida, só que também recebemos uma herança horrorosa, até bem pior do que hoje, João César. O quadro não melhorou muito, mas fizemos alguma coisa e já identificamos muitos dos seus pontos críticos.

— Misael é um exemplo acabado de como se sacrifica um ser humano. Não temos um acompanhamento psicológico constante aqui! É mole ou quer mais?

*****

A vida de todos foi retornando ao normal com o passar dos dias: escola, trabalho, "papos cabeça" e as festinhas da "mocidade".

As primeiras conversas com seu Mário foram, evidentemente, sobre tudo o que ocorrera, recordações muito gostosas, já que tudo acabara bem.

Seu Mário vivia num mar de rosas, principalmente pelo fato de que seu chefe mantivera sua palavra e ninguém ficara sabendo sobre o papel que ele desempenhara. Tudo correu como ele esperava.

Sempre que estava de serviço, dava uma fugida para dois dedos de prosa com "Sr. Ministro" e a cada encontro ficava encantado com suas observações superlógicas, sempre vendo alguma coisa que ninguém mais percebera.

Em termos práticos, o volume de bagagem extraviada voltara a menos de 0,3%, como antes de todas aquelas "acontecências".

*****

Um belo dia, um feriado qualquer em que Tomás não estava de serviço, ele sentiu vontade de "dar uma geral" no seu quarto; e colocou mãos à obra, inclusive arrastando a cama para limpar melhor o chão.

Para facilitar, tirou primeiro o colchão e depois o estrado — e aí... aconteceu o inesperado!

Prensados entre o estrado e o suporte lateral onde ele se apoiava, do lado da parede, estavam dois daqueles papéis numerados, as tais "ações" do Gunnard.

Ele ficou petrificado, estrado meio levantado, olhar fixo nos papéis.

Foi recuperando o controle aos poucos; encostou o estrado na parede e pegou as ações: eram duas de 10 mil do Norge Royal Bank.

Não conseguiu imaginar como elas foram parar ali, mas aquilo logo desapareceu de sua mente e ele viu-se perdido em mil pensamentos — deveria devolvê-las, foi o "alerta" que piscou em seu cérebro. Mas devolver para quem?

Sua tia sempre reclamava por não ter uma geladeira, mal possuía umas roupinhas, justo ela que trabalhava numa lavanderia, lidando com montanhas de roupas — a propósito, ela dera uma saidinha para comprar algumas pequenas coisas para a casa —; ele queria uma televisão, por pequenina que fosse.

Desejos simples de gente simples.

Sua cabeça latejava de tanto pensar.

E aí tomou sua decisão: passara por perigos que não procurara; levara um tiro, de raspão vá lá, mas sempre um tiro; ganhara elogios, tinha que admitir, mas apenas aqueles fatos e elogios não virariam uma geladeira nem uma televisão.

Terminou a limpeza do seu quarto mais que animado, afinal ganhara alguma coisa; lanchou com dona Célia e, como estava supercansado, já que aproveitara a disposição e lavara o barraco todo, foi dormir.

E dormiu com as ações na mão.

Seu sono foi agitado, teve uma noite péssima e acordou mal, corpo amassado, dolorido em tudo que era parte.

Pegou os papéis e escondeu-os exatamente onde haviam ficado por tanto tempo.

Os dias que se seguiram encontraram-no meio sem graça, ainda que a lembrança do "seu tesouro" o alegrasse. Mas na quinta-feira não aguentou mais e foi falar com Sônia: pediu-lhe segredo, mas precisava conversar com Mestre Borba.

Sobre o quê? Ela saberia na hora do encontro, o que seria outro segredo a guardar.

— Deus me livre de preocupar seu Mário desta feita.

As pessoas corretas, de bom caráter, também experimentam tentações e o fato de conseguirem dominá-las é que as mantém honestas.

*****

Resumindo, no sábado foi com a amiga para o cursinho, o professor os receberia lá.

Somente os três numa sala, contou tudo, sem deixar de dizer o que planejara para o dinheiro das ações.

— Tomás, pessoalmente acho que esse dinheiro deveria ser seu. Só que sabemos que não é. Você mesmo não está se sentindo bem com ele. Proponho o seguinte: deixe-o comigo, entrego tudo pro Gouveia e ele saberá o que fazer com isso, deixando sua consciência em paz.

De mais a mais, como transformar aqueles papéis em dinheiro?

Assim foi dito, assim foi feito.

*****

Duas semanas depois, numa ensolarada manhã de domingo, quem apareceu na casa de Tomás?

Gouveia!

Ele mesmo, com João César ao lado — até parecia dupla sertaneja.

Abraços daqui e dali, seus amigos foram apresentados a dona Célia, que, no ato, providenciou um cafezinho, ralo mas afetuoso.

Os três falavam meio em código, o que era mais que natural.

Na despedida Gouveia foi misterioso.

— Amanhã, pela tarde, o senhor vai ficar em casa, seu Tomás.

— Amanhã? Não dá, tenho que ir à escola.

— Pois é preciso que amanhã você não vá, amigo. Confie em nós — acrescentou João César.

*****

Compromisso é compromisso!

Tomás ficou em casa como lhe pediram os dois, apesar de não gostar de faltar às aulas.

Lá pelas tantas, sentado na escadinha da frente, viu um furgão Toyota subindo a ladeira, fato que não era comum ali.

Mais estranho foi quando o veículo parou diante de sua casa.

— Ei, chapinha! É aqui que mora um tal de Tomás Salustiano da Silva?

— Tomás sou eu, sim senhor! — disse, levantando-se.

— É, cara, cê tá no seu dia de sorte... Ganhou a rifa da Casa de Apoio aos Velhinhos... Tem uma carta aqui procê — disse, já seguindo barraco adentro com seu ajudante, carregando uma geladeira.

E vieram mais uma televisão e um aparelho de som, desses "três em um".

O homenzinho fez questão de que ele assinasse o recibo de tudo.

*****

— Leia outra vez, meu filho — pediu dona Célia, emocionada.

— "Entregamos seu donativo na Casa dos Velhinhos e eles mandam para você estes prêmios da rifa. Você os mereceu, Grande Tomás!"

*****

— Tomás, olha ali! Alguém deixou uma bolsona no chão — seu parceiro de limpeza de vidros apontava para uma bolsa largada ao lado de um dos cinzeiros.

— Cara, num tô vendo nada nem quero ver.

— Qualé, meu? Tá perdida, nós achamos, ora.

— Vai por mim, não pega nela... Se quiser fazer alguma coisa, vamos então chamar a Segurança.

— Ora, quem acha, dono fica!

— É, achamos foi problema, cara. E se for uma bomba?

— Vira essa boca pra lá! Que ideia é essa de bomba?

— Ideia firme, ô meu... e se não explodir agora, um dia explode, vai por mim... E se estiver cheia de antraz? Se tiver vindo do Bin Laden!

— Fica de olho aí, vou chamar a Segurança! — E seu parceiro saiu andando bem depressinha, que correr no aeroporto era contra as "regras"...

Coleção Jabuti Aventura

Editora Saraiva

A Mochila

ROBERTO JENKINS DE LEMOS

Apreciando a Leitura

■ Bate-papo inicial

Tomás era órfão de mãe; vivia no interior com os três irmãos e o pai, que era boia-fria na lavoura. Ele não frequentava a escola. Um dia, sua tia foi visitá-lo e, vendo que estava doente, resolveu trazê-lo para morar com ela, na capital. Embora morasse em favela e tivesse uma vida sacrificada, levou-o ao médico, matriculou-o em uma escola e conseguiu um emprego no setor de manutenção do aeroporto, onde ele limpava as vidraças.

Tudo ia bem, até que Tomás testemunhou um roubo de bagagens, praticado por funcionários do próprio aeroporto. A partir daí, os problemas começaram. Tentando fugir dos ladrões, acabou trocando sua mochila por outra e descobriu que, dentro dela, havia cerca de 50 milhões de dólares em ações, emitidas por um banco da Noruega. Com medo do que pudesse acontecer, procurou ajuda dos amigos, e o caso foi parar na Polícia Federal.

Se quiser saber o que aconteceu com o dinheiro, leia essa história e acompanhe as aventuras de Tomás.

■ Analisando o texto

1. Explique como era a vida de Tomás antes e depois de vir para a capital.

R.: ______________________________

____

____

____

2. Qual foi o fato que deu início aos problemas vividos por esse personagem?

R.: ______________________________

____

____

3. Fugindo dos ladrões, ele trocou sua mochila por outra. Por que não a devolveu imediatamente na seção de "Achados e Perdidos"?

R.: ______________________________

____

____

4. Qual era o conteúdo da mochila?

R.: ______________________________

____

____

____

5. Se você estivesse no lugar de Tomás, devolveria a mochila? Justifique sua opinião.

R.: ______________________________

____

____

____

16. *Tomás se deu conta da aproximação de um jipe quando não dava mais para sair dali - a viatura avançava de-va-ga-ri-nho e na sua direção!* (p. 7) Por que a palavra *devagarinho* foi dividida em sílabas?

R.: ____

Pesquisando

17. Tomás pediu 500 dólares para devolver a mochila. Supondo que o pagamento fosse feito hoje, calcule quanto seria esse valor em real. Lembre-se de que o valor da moeda americana muda a cada dia.

18. Baseando-se na descrição que o narrador fez do aeroporto, construa uma maquete mostrando que um "aeroporto internacional grande como aquele acaba sendo uma verdadeira cidade". Se precisar de ajuda, fale com seu professor de Educação Artística.

19. O fascínio que os aviões exercem sobre Tomás não é uma prerrogativa apenas desse personagem. Muitas pessoas costumam ir aos aeroportos ou áreas vizinhas para contemplar o pouso e a decolagem dos "pássaros de aço".
E você, o que sabe sobre a aviação? Aqui estão algumas sugestões para sua pesquisa: a importância dos irmãos Wright e de Santos Dumont para a aviação; as partes que constituem um avião; o funcionamento do avião a vapor; o funcionamento da torre de controle; o avião como arma de guerra; a vida dos pilotos e dos comissários de bordo; as companhias aéreas nacionais e internacionais etc.

■ Redigindo

20. Imagine que você esteja numa situação de perigo como aquela vivida por Tomás e crie um plano de fuga para resolver seu problema. Não se esqueça de que todo plano exige objetivo e planejamento. Siga mais ou menos este roteiro:
a) Qual é a situação de perigo em que você se encontra?
b) Quem é o inimigo?
c) Qual é o seu objetivo? O que deve fazer para alcançá-lo?
d) Quais são suas chances de obter sucesso?
e) Qual seria sua reação se fosse pego pelo inimigo?

Para qualquer comunicação sobre a obra, entre em contato:

SARAIVA Educação S.A.
Avenida das Nações Unidas, 7.221 – Pinheiros
CEP 05425-902 – São Paulo – SP
www.editorasaraiva.com.br

Tel.: (0xx11) 4003-3061
atendimento@aticascipione.com.br

Escola: ______________________________

Nome: ______________________________

____

Ano: ______________ Número: ______________

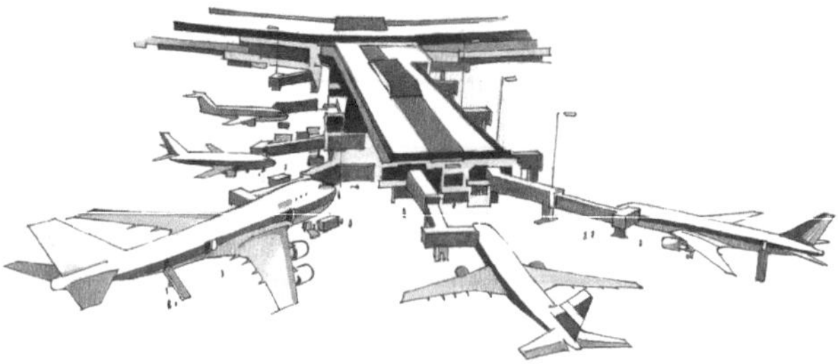

O carioca Roberto Jenkins de Lemos (1937-2010), estabeleceu-se em Brasília por 29 anos, onde exerceu funções governamentais e, nos intervalos, atuou no campo empresarial. Colaborou com diversos órgãos da imprensa nacional, ministrou cursos na área de Administração, foi membro da ABRP — Associação Brasileira de Relações Públicas, tendo desenvolvido diversos trabalhos no setor, proferiu palestras em diversos eventos e planejou e gerenciou outros. Em 1991, mudou-se para Vila Velha; em 1994 foi morar em Nova Guarapari, Espírito Santo, mas, depois, retornou a Brasília.

Para ele, era muito gratificante ser lido por jovens, embora, em sua opinião, escrever para adolescentes fosse uma grande responsabilidade, pois eles conferem tudo o que leem. Bem-humorado e um "fazedor de jornais", além deste *A mochila*, Roberto Jenkins de Lemos publicou, pela Coleção Jabuti, *Firme como boia*, *Furo de reportagem*, *Oh! Coração!*, *Primeiro amor* e *Sendo o que se é*.

Um de seus últimos textos exprime bem seu pensamento e o modo como encarava a vida:

"Cada dia, um recomeço.

A vida é mutante pela sua própria natureza e, em assim sendo, renovamo-nos diuturnamente; é um recomeço constante, já que hoje há de ser diferente do ontem. Por conseguinte, o bicho-homem é mutável e mutante. O que foi hoje será finito na sua própria essência."

Sobre o ilustrador

Marcelo Martins desenha, como muitos, desde criança, mas nunca estudou Artes. Estudava Economia na USP quando foi convidado a estagiar numa agência de publicidade. Acabou se formando em Publicidade pela ESPM e trabalhou exclusivamente com propaganda e arte por oito anos. Durante esse período, surgiu a oportunidade de fazer histórias em quadrinhos para o exterior, e com ela muitas outras portas se abriram. Desde então, a arte ocupa um papel definitivo em sua vida, principalmente como forma de expressão e realização. Ilustrou várias obras infantojuvenis, muitas delas da Coleção Jabuti.

COLEÇÃO JABUTI

Adeus, escola ▼◆🗐☒
Amazônia
Anjos do mar
Aprendendo a viver ◆⌘■
Aqui dentro há um longe imenso
Artista na ponte num dia de chuva e neblina, O ✻★⌗
Aventura na França
Awankana ✎☆⌗
Baleias não dizem adeus ✻🕮⌗○
Bilhetinhos ✪
Blog da Marina, O ⌗✎
Boa de garfo e outros contos ◆✎⌘⌗
Bonequeiro de sucata, O
Borboletas na chuva
Botão grená, O ▼✎
Braçoabraço ▼⚐
Caderno de segredos ❑◎✎🕮⌗○
Carrego no peito
Carta do pirata francês, A ✎
Casa de Hans Kunst, A
Cavaleiro das palavras, O ★
Cérbero, o navio do inferno 🕮☑⌗
Charadas para qualquer Sherlock
Chico, Edu e o nono ano
Clube dos Leitores de Histórias Tristes ✎
Com o coração do outro lado do mundo ■
Conquista da vida, A
Da matéria dos sonhos 🕮☑⌗
De Paris, com amor ❑◎★🕮⌘☒⌗
De sonhar também se vive...
Debaixo da ingazeira da praça
Desafio nas missões
Desafios do rebelde, Os
Desprezados F. C.
Deusa da minha rua, A 🕮⌗○
Devezenquandário de Leila Rosa Canguçu ✈
Dúvidas, segredos e descobertas
É tudo mentira
Enigma dos chimpanzés, O
Enquanto meu amor não vem ●✎⌗
Escandaloso teatro das virtudes, O ✈☺
Espelho maldito ▼✎⌘
Estava nascendo o dia em que conheceriam o mar
Estranho doutor Pimenta, O
Face oculta, A
Fantasmas ⌗
Fantasmas da rua do Canto, Os ✎
Firme como boia ▼⌗○
Florestania ✎
Furo de reportagem ❑✪◎🕮⚐⌗
Futuro feito à mão
Goleiro Leleta, O ▲
Guerra das sabidas contra os atletas vagais, A ✎
Hipergame ∽🕮⌗
História de Lalo, A ⌘
Histórias do mundo que se foi ▲✎✪
Homem que não teimava, O ◎❑✪⚐○
Ilhados
Ingênuo? Nem tanto...
Jeitão da turma, O ✎○
Lelé da Cuca, detetive especial ☑✪
Leo na corda bamba
Lia e o sétimo ano ✎■
Luana Carranca
Machado e Juca †▼●☞☑⌗
Mágica para cegos
Mariana e o lobo Mall 🕮⌗
Márika e o oitavo ano ■
Marília, mar e ilha 🗐✍✎
Matéria de delicadeza ✎☞⌗
Melhores dias virão
Memórias mal-assombradas de um fantasma canhoto
Menino e o mar, O ✎
Miguel e o sexto ano ✎
Miopia e outros contos insólitos
Mistério mora ao lado, O ▼✪
Mochila, A
Motorista que contava assustadoras histórias de amor, O ▼●🗐⌗
Na mesma sintonia ⌗■
Na trilha do mamute ■✎☞⌗
Não se esqueçam da rosa ♠⌗
Nos passos da dança
Oh, Coração!
Passado nas mãos de Sandra, O ▼◎⌗○
Perseguição
Porta a porta ■🗐❑◎✎⌘⌗
Porta do meu coração, A ◆⚐
Primeiro amor
Quero ser belo ☑
Redes solidárias ◎▲❑✎⚐⌗
Reportagem mortal
romeu@julieta.com.br ❑🗐⌘⌗
Rua 46 †❑◎⌘⌗
Sabor de vitória 🗐⌗○
Sambas dos corações partidos, Os
Savanas
Segredo de Estado ■☛
Sete casos do detetive Xulé ■
Só entre nós – Abelardo e Heloísa 🗐■
Só não venha de calça branca
Sofia e outros contos ☺
Sol é testemunha, O
Sorveteria, A
Surpresas da vida
Táli ☺
Tanto faz
Tenemit, a flor de lótus
Tigre na caverna, O
Triângulo de fogo
Última flor de abril, A
Um anarquista no sótão
Um dia de matar! ●
Um e-mail em vermelho
Um sopro de esperança
Um trem para outro (?) mundo ✖
Uma trama perfeita
U'Yara, rainha amazona
Vampíria
Vida no escuro, A
Viva a poesia viva ●❑◎✎🕮⌗○
Viver melhor ❑◎⌗
Vô, cadê você?
Zero a zero

★ Prêmio Altamente Recomendável da FNLIJ
☆ Prêmio Jabuti
✻ Prêmio "João-de-Barro" (MG)
▲ Prêmio Adolfo Aizen - UBE
✍ Premiado na Bienal Nestlé de Literatura Brasileira
☛ Premiado na França e na Espanha
☺ Finalista do Prêmio Jabuti
♘ Recomendado pela FNLIJ
✖ Fundo Municipal de Educação - Petrópolis/RJ
✪ Fundação Luís Eduardo Magalhães
● CONAE-SP
⌗ Salão Capixaba-ES
▼ Secretaria Municipal de Educação (RJ)
■ Departamento de Bibliotecas Infantojuvenis da Secretaria Municipal da Cultura/SP
◆ Programa Uma Biblioteca em cada Município
❑ Programa Cantinho de Leitura (GO)
♠ Secretaria de Educação de MG/EJA - Ensino Fundamental
☞ Acervo Básico da FNLIJ
✈ Selecionado pela FNLIJ para a Feira de Bolonha
✎ Programa Nacional do Livro Di
🕮 Programa Bibliotecas Escolares
∽ Programa Nacional de Salas de
🗐 Programa Cantinho de Leitura (
◎ Programa de Bibliotecas das Esc Estaduais (GO)
† Programa Biblioteca do Ensino Mé
⌘ Secretaria Municipal de Educaçã
☒ Programa "Fome de Saber", da F
⚐ Secretaria de Educação e Cultura c
○ Secretaria de Educação e Cultura c